30 秒傳遞力量

微演說中的話語之力

王風範 著

精準說服，在短暫中創造持久印象
簡報工作不要超過 60 字、30 秒內展示完企劃方案……
在簡短的話語中才能展現強而有力的能量，
該怎麼精簡你的表達？抓住話語的關鍵字？
掌握「微」演說技巧，快速抓住聽眾的注意力！

目錄

目錄

第 3 章
微演說呈現：讓你的演說引爆全場

後記

微演說‧職場溝通鐵三角

微演說‧職場演說三步曲

微演說‧資本路演輔導

推薦序

　　這是一個演說的時代。小到同事矛盾、夫妻不和，一頓勸解，妙語連珠，重修舊好，破鏡重圓；部門會議、政令宣導，曉之以情，動之以理，統一觀點，凝聚人心。大到國際爭端，指點江山，激揚文字，不戰而屈人之兵；商務談判，不卑不亢，據理力爭，和諧共贏。

　　這也是一個「微」時代，微小說、微電影，處處傳遞著突出重點、言簡意賅。生命的長度是有限的，可是生命的寬度卻可以無限延伸。在社會高速發展，工作效率至上，資訊大爆炸的今日，再也沒人願意花費生命聽你長篇大論，娓娓道來。

　　於是，「微演說」橫空出世。「微言大義，辭微旨遠；句句有利，直指人心」、「人們永遠不會為你的夢想買單，只會為自己的好處行動！」不管何時何地，你所講的每一句話都要對「客戶」有所好處。這樣，客戶才會願意繼續聽下去，同時在有限的時間內如何說、說什麼、怎麼說，從而吸引客戶的注意力。這就是「微演說」的核心。

　　我首次接觸王風範老師是在 2013 年 10 月，他用巧妙的溝通技巧和完美的即興演說，讓我對「微演說」有了深刻的理解和認識。僅用了短短兩天的時間，讓我的演講水準有

了大幅度的提升，於是，我又專程邀請風範老師前往我的公司授課三天，二百餘位員工在風範老師的課堂中受到莫大的益處，每個人溝通的方式、方法、技巧都有了非常明顯的改善，公司的工作效率順理成章得到大幅提高。

而本書就是作者王風範老師經過不斷修正的課程講義與多年來總結的寶貴經驗完美結合，全書講述了「微演說前的設計」：設計前細分聽眾、設計中謀篇布局、設計後重點練習；「微演說時的呈現」：呈現前恐懼突破、呈現中三言並進、呈現後反思修正；細化到語音、語調、肢體表達、第一印象等。同時，書中不忘為讀者列舉了多種方法，如結構部署中的鳳頭豹尾、開場白 ABC 法則、克服恐懼的方法等。本書不但是演講初學者的必讀之書，同時也是需要說話、需要溝通的人的必讀之書。

衷心希望這本書能成為您事業航路上的風帆，生活道路上的明燈。微時代，微演說；微言大義，辭微旨遠；句句有利，直指人心！

毛先珍

序

隨著微小說、微電影的誕生，預示我們步入了一個全新的時代 —— 微時代。微時代下人們步履匆匆，效率至上，愈發看重價值；微時代裡沒有人等你慢節拍地處理事情，也沒有人願意花費時間去聽你長篇大論，娓娓道來，大家更希望聽到重點突出、短小精煉的話語來降低時間成本、提升工作效率、放大生命價值。

Google 公司董事長說：「向我彙報工作不要超過 60 個字。」

麥肯錫要求其諮詢顧問，在向客戶做方案展示時，無論多麼複雜的方案都必須有能力在 30 秒內展示完畢。

記住，在微時代裡，無論你將要表達的資訊、主題多麼複雜，你都必須言語簡煉、構思精巧，也就是微演說。

微演說的核心如果用一句話來表述，就是清晰地表達出你能夠帶來的好處，即你能提供的利益點和價值點，換句話說不論你在何時何地，也不論你是要面對任何人要做任何的演講，你都需要考慮你講的每一句話對你的「客戶」能帶來何種好處。沒有好處的話意義並不大。

身處商場的你，一定知道不論你要 VC（風險投資）、PE（私募股權）、還是 PO（公募，也就是上市），在與對方溝通

的過程中，對方最想聽到的就是，我投你對我有什麼好處？我買你的股票對我有什麼好處？你能在越短的時間裡讓對方知道你對他的好處，你就能越快激發他對你的興趣，越早達成他與你的合作。

例如，當年馬雲與亞洲首富孫正義的溝通就是最好的例子（馬雲在 5 分鐘內贏得 3,000 萬元的投資）。而我絕對相信，其他能與孫正義溝通的創業者們並不是專案不夠好，而是孫正義先生不會給你太多時間聽你「好處」不明的演說。

微時代，微演說。身處商場，無論你是要面對下屬溝通工作，還是要面對客戶路演（Roadshow）成交，你都必須有能力說出好處，言簡意賅。而本書就是專門教會你如何在短時間內說服對方的工具與方法。本書從微演說理論到微演說技術（包括設計與呈現）和盤托出，只要你用心研讀，相信它會使你獲取投資，贏得人心、增加影響、化解危機、攀取高峰的親密夥伴。

第 1 章

微演說：微時代的重要選擇

微時代與微演說

當今時代，經濟蓬勃發展，科技高速進步，我們所處的時代早已斗轉星移，和過去的「慢生活」徹底告別了。前世界首富比爾蓋茲在十多年前的《未來時速》這本書中談到：「未來的 21 世紀是一個速度至上的時代，因為速度至上將打破人們的思考方式；因為速度至上將改變人們的行為方式；因為速度至上將優化企業商業模式；因為速度至上將能讓一切都變得與眾不同。」特別是隨著 IT 技術的不斷創新，網際網路所承載的資訊量越來越大，世界已展現出前所未有的知識大爆炸局面：各國政治新聞、財政方略、體育報導、娛樂新聞、汽車、房產……無一不吸引著大眾的目光。面對如此紛繁複雜的資訊，如何高效獲取自己所需的資訊，是人們最為看重的。與此相對應，如何將自己想要傳播的資訊迅速有效地讓大眾接受，就成為表達者最為關心的事情了。於是短影音、微小說、微電影便應運而生了，它們將冗長的資訊、小說、電影要表達的主題用簡練的語言、精巧的構思呈現在公眾面前，被公眾欣然接受。這些微型傳播工具的誕生將世界帶入了一個全新的微時代。在微時代，人們步

履匆匆,速度至上,愈發看重價值,沒有人等你慢節拍地處理事情,沒有人願意花費時間去聽你的長篇大論,更希望聽到重點突出、短小精煉的話語,以降低時間成本,提升工作效率,放大生命價值。

　　社會在前進,人們在改變。

　　微演說就此誕生。

你與微演說

企業的成功在於策略加執行，可人們往往忽略了從策略到執行之間還有一個重要的環節 —— 演說。沒有演說，你的策略怎會被人理解？沒有演說你的核心層怎能形成？沒有演說你的團隊如何達成共識？沒有演說你如何把一個社會人變成企業人？難道僅靠制度嗎？

鼓天下之動者存乎辭。但凡具有非人影響力與個人魅力的人，無一不是真正掌握演說祕訣的人。

微演說，是從無形能量到有形物質的橋梁，是企業策略到團隊行為的引爆裝置，更是你夢想成真的助推器。而你身為微時代推動的主體，無時無刻不感受著微時代帶給你的影響。

如果你身處企業，那麼你肯定會有這樣的體驗：在名目繁多的會議上，成功的管理者總能用精闢的話語燃起員工的激情，使員工熱血沸騰，勁頭十足，提升業績；反之，講話囉嗦的管理者在主持會議時經常會把會議演變成失眠者的天堂、遊戲愛好者的樂園。

你可能從小就參加過很多競選活動，如班級幹部、學生

微演說定義

　　如果給微演說下個定義，那就是一句話：一切帶利的演說。它是一種目的較為明確的演說形式，也是演說的升級版，它主要是指在演說時間較短的情況下，有效地突出演說價值或利益，訴說演說者思想，傳承演說精神，達成演說目的。

微演說的兩大特徵，一個核心

微演說特徵 1：簡單為王

　　簡單，是一種必須；實現簡單，是一種能力；讓所有人都學會簡單，則是一種顛覆。

　　清代的著名學者劉大櫆在《論文偶記》中提到：「文貴簡。凡文筆老則簡，辭切則簡，理當則簡，味淡則簡，意真則簡，氣蘊則簡，品貴則簡。」這句話的意思就是，寫文章貴在簡單，要善於抓住根本，直奔主題，由繁化簡。而演說也是如此。

著名作家郁達夫就深知文貴簡的道理。一次他在臺上演講的時候，就在黑板上寫了 3 個字：快短命。臺下的聽眾對此十分不解，郁達夫接著解釋道：「快，就是要痛快；短，要簡單精闢；命，不要離開文章要表達的主題。」郁達夫的演講總共花費了 5 分鐘時間，卻讓臺下聽眾印象深刻。

我非常敬重的演講導師 —— 李踐老師常會問學員一個問題：「你講的話，你媽媽聽得懂嗎？」顯然越簡單聽眾越容易聽懂，越容易聽懂就越容易行動，越容易行動成效就會越好。

■ 微演說案例：飛利浦公司「我和簡單」

飛利浦公司在全球一共有 128,000 名員工。在 2007 年 11 月 15 日這天，飛利浦的所有員工都放下工作，飛利浦公司用這一天的時間，讓所有員工思考這樣一個命題：「我和簡單。」

全球員工同時停工一天的機會成本多達上億美元，換句話說，這「簡單的一天」是上億美元換來的。飛利浦公司同時更換了飛利浦的口號，將原來的「讓我們做得更好」更改為「合理與簡單」。

很多人不理解飛利浦這麼做的原因，認為「我和簡單」這個話題有什麼好思考的。但是飛利浦公司正是用全球化的眼光看待「簡單」的重要性：簡單並不只是產品研發設計部門的事情，隨著公司口號和理念的變化，要求公司員工的頭腦都要發生變化，思考和溝通都要學會運用簡單快捷的方

法。一位飛利浦公司資深人事經理曾說過：「簡單化是如今飛利浦全球 128,000 名員工所必備的能力。」

簡單，更是一種境界。對此我們未必只能仰望，而是人人都能做到。

不知道你是否有這樣的經驗：20 歲的你大學剛畢業時，躊躇滿志，對未來充滿期待，這時你為了更好地掌握命運，就去找一個大約 40 歲左右的人請教做大事的祕訣，可每當你一提到你要轟轟烈烈地幹一番大事時，那些 40 歲左右的長者總會告訴你：「年輕人，生活沒你想的那麼簡單。」可奇怪的是當一個 40 歲左右的人去向一個 70 歲左右的人請教要幹一件大事的祕訣時，70 歲左右的人總會告訴他們，「年輕人，生活其實很簡單」。

請你思考，一個40歲的人在一個20歲的人面前是長者，一個 70 歲的人在一個 40 歲的人面前也是年長者，可為什麼他們面對同樣的問題，回答不同？我想說的是，這就是經過不一樣的生命歷練之後的差別。簡單，不僅是一種能力，更是經過千錘百煉之後所達到的一種境界。

▌微演說案例：麥肯錫的 30 秒電梯演講理論

世界頂尖的顧問公司 —— 麥肯錫顧問公司的創始人麥肯錫先生（James Oscar McKinsey）有一次去拜訪客戶，當他千里迢迢趕到，準備向顧客做方案展示時，沒想到客戶說：

「我現在很忙，請你說一下你的方案現在的結果是？」麥肯錫聽到後瞬間崩潰，因為他之前從來沒有考慮過這方面，他只知道他精心設計的方案有內涵、有邏輯、有價值，可是從沒想過如何用一句話將它有效呈現。最後，客戶搖搖頭，遺憾地離開了。因為痛失大客戶，麥肯錫回到公司後痛定思痛，暗自發誓，一定要研究出一套短時間內呈現方案的方法。不久，聞名於世的「30 秒電梯演說理論」便誕生了。30 秒電梯演說理論要求其諮詢顧問在向客戶做方案展示時，無論多麼複雜的方案都必須在 30 秒內講出結果。

你可能在想：我要表達的內容很複雜，簡單不了呀！

愛因斯坦說過，如果你不能簡單地說清楚，就是你還沒有完全明白。當外行的老太太問起相對論時，他給出的回答是：「今天你和你最愛的人在一起，享受美好時光，其樂融融，時間過了 30 分鐘，你感覺像過了 3 分鐘；相對你孤身一人守著冰冷的房子焦慮地等待著你最愛的人歸家，時間過了 3 分鐘，你會感覺像過了 30 分鐘。這就是相對論。」

微演說的「微」，不僅代表簡單，同時還是抓住聽眾有限注意力的關鍵。

實驗報告顯示，人類注意力的持續時間非常有限。以一個單位對象為標準，人類注意力持續時間大約只有 3 ～ 24 秒。人的大腦時刻準備接受新的刺激。演講實踐也表明，聽眾很難聚精會神地傾聽一個冗長的演講。這就要求我們的演

講必須言簡意賅，抓重點。

不要羨慕那些能滔滔不絕演講三天的人，而要羨慕那些在 1 分鐘之內做出精彩演說的人。因為 1 分鐘的演講，每一個字每一個音都要抓住重點。

微演說特徵 2：效率至上

當今時代，速度至上，因此，效率對於人們來說就變得尤為重要。特別是對於社會的中流砥柱來說，「時間就是金錢」這句話時時刻刻展現在他們的行為中，這些人希望用很短的時間取得資訊。所以當我們面對客人的時候，越是重要的人，越要節約時間，應該用盡量少的時間將自己的想法和意見表達出來。

你在製作人生的第一份履歷時，有沒有人給你這一條很有建設性的建議：履歷不要超過一張紙。多少年來，你是否還記得這條無往不利的金科玉律？為什麼？因為不管你有多麼所向披靡，在這個資訊爆炸的時代，你只有驚鴻一瞥的空檔，去抓住你要吸引的那個人的目光。一擊即中，是這個時代的必勝之法寶。

寶潔公司，作為世界化妝品大廠之一率先提出「一張紙彙報法」，也就是說在寶潔公司，任何問題的彙報都要容納在一張紙之內，過去那種動輒十幾頁、幾十頁的彙報總結早已被摒棄，只有簡單、概括才是王道。

第 1 章
微演說：微時代的重要選擇

Google公司的總裁艾立克·施密特（Eric Emerson Schmidt）則要求員工彙報工作只能用60個字。無論多麼複雜的內容和情況，都必須在60個字內說清楚，這就是概括能力，也是微演說的價值所在。

之前我和一位在國外上班的朋友閒聊時，朋友告訴我，現在國外商業談判的主要場所選在咖啡廳，你向客戶介紹產品方案只有一杯咖啡的時間，同樣，很多客戶做決策也只用喝一杯咖啡的時間。所以在國外見客戶之前就需要有充分的準備，讓自己的表述盡量簡短、合理，層次分明，讓客戶能夠在短時間內明白你所要表達的想法。這就是「咖啡文化」。「咖啡文化」是對效率和效果的追求。

效率成了時代的要求。

效率，不僅要求時間，更要求效果：微演說，即是實現最短時間的最強效果。

▌微演說的核心：獲利

微演說的核心只有一個，那就是聽眾能夠有所獲益。不論是精神還是物質上的富足，都是利益點，也是價值點。

微演說，正是省卻你不必要浪費和占用的時間，並將之轉化為真金白銀。

成功學大師卡內基說：「人際溝通的黃金法則就是滿足對方的需求。」也就是說在任何的溝通中，要知道對方最想聽到的是什麼，對方的需求是什麼。你的公司規模、公司商

業模式、公司的技術、人員情況，這些都只是你溝通的內容之一……但對方最想聽到的或許不是這個，而是你的公司能夠給他賺多少「錢」。

我跟你做，對我有什麼好處？

我和你合作，對我有什麼好處？

我投資你，對我有什麼好處？

我買你的股票，能賺多少錢？

如果你能在最短的時間內歸納出你可以給對方帶來的好處，那麼你的演說一定是成功的。馬雲與孫正義溝通了 5 分鐘的時間，孫正義決定投資 3,000 萬美元給馬雲。

像孫正義這樣的人，每天看幾十份甚至上百份商業計畫書，他沒有時間去聽你講你的偉大歷史，甚至沒有時間聽你說公司機構、人才、核心技術、運作模式等，這些雖然他也很關注，但那是在他知道他的好處之後。

微演說，利益點和價值點是要點。要學好微演說，就要時刻牢記演說的價值和利益在哪，對聽眾帶來的好處在哪。

提升微演說能力的三大失誤

■失誤 1：只要我認真學習，就能掌握微演說的技巧

▶正點：練習，練習，練習！

本書將為你提供詳盡的演說工具與方法，但深究演說十餘年的我，更看重的是你堅持不懈的練習。如果沒有實踐，你學習再多技巧，即使把本書的內容都背下來，也可能只是紙上談兵。

微演說，不僅是一種知識，更是一種能力，而能力需要透過鍛鍊來提升。一個從不下水的人無論看了多少游泳的書籍，下水之後依然會只是一個結果 —— 下沉；一個從不操刀的人無論看過多少烹飪的祕笈，也不會成為廚師。同樣，一個從不開口的人我不相信他會成為演說大家。

■ 失誤 2：微演說只能透過正式的演講來練習

▶ 正點：實戰，實戰，實戰！

練習微演說，請你不要拘泥於演說的形式，其實，你的腳下就是一片舞臺，任何時間任何地點均可以。我認識一位非常優秀的企業家，他同時也是非常出色的演講者。他對我說，他的演講能力就是做老師期間得來的。他當中學教師的時候，很注意觀察學生對自己講課的反應，他希望即使是很枯燥的知識透過他的講解也能傳達給每一個學生。此外，他還很喜歡根據新聞以及身邊的一些事情和其他人討論辯駁，他覺得這樣可以鍛鍊自己的思辯能力。

後來他辭職，成為企業家，任何時候他都離不開自己的

演說能力：求投資、拉客戶、帶團隊，處處都受益於他的演說能力。

只要你想去練習，就能找到機會。商業、政治、教育等各行業都需要去溝通講話。練習次數越多，能力提高得就越快。周圍的任何人、任何事情都可以成為你談話的對象和題材，只有不停地去練習，你的說話能力才會不斷提高。

▌失誤 3：我做到「學習」＋「練習」，就能掌握微演說

▶正點：累積，累積，累積！

很遺憾，光是學習演說知識、練習演說技能遠遠不夠，因為演說的本質是表達者的思想，演說技巧只能讓你的思想錦上添花，但做不到雪中送炭，因此，你更加需要的是沉澱內功，累積經驗。

心急吃不了熱豆腐，如果誰告訴你，能讓你一天變成演說家 ── 只要你上了他的課，讀了他的書，那麼你可以狠心地和他絕交了，因為他不科學、不專業，甚至身為朋友，不誠信、不善良。沒有任何一樣上乘武功是一蹴而就的。臺上幾分鐘，臺下雖然因人而異，但是急功近利難成大器，只有細水長流，水到渠成。

一句話：

想成為微演說大師，學習＋練習＋累積，三者缺一不可。

第 2 章

微演說設計：設計決定成敗

拿破崙說：「戰爭是門藝術，未經設計休想成功。」演說更是如此，如圖 2-1 所示。

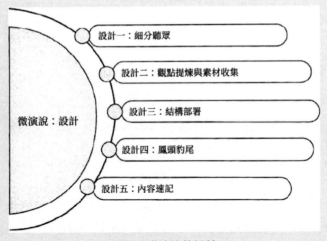

圖 2-1 微演說的設計

細分聽眾

當我準備發言時總會花三分之二的時間考慮聽眾想聽什麼，而只用三分之一的時間考慮我要說什麼。

—— 美國前總統林肯

靶心效應：你的聽眾是誰？

不是所有的人都是你的目標聽眾。

相信你之前的演說都付諸了努力，耗費了不少的時間和精力。

可是結果卻不盡如人意。

原因只有一個：你把演講最關鍵的重點放在錯誤的地方。你要牢記：演講的主題永遠是圍繞人，演講的重點永遠是讓聽眾有所收益。演講內容的重點並不在於你，不在於你要說什麼，而在於聽眾，聽眾想要聽什麼。

想要成為一個成功的演講者，首先要成為一個合格的洞察者 —— 你必須首先了解你的聽眾，理解你聽眾的期望 —— 聽眾是誰？聽眾為什麼來聽你的演講？

確定聽眾是成功演講的第一步。

你的聽眾是誰？

精準地找到你的聽眾。

找到聽眾是演講的第一顆鈕釦：只有找到這顆鈕釦，並且扣對位置，才能確保接下來的演說順暢進行。

如果你是在公司的一次內部會議上面對一群你熟悉的同事講話，那麼你的演講已經有了不錯的開端：因為你的同事就是你的聽眾。

但是如果你要在一個大型的行業集會上演講，聽眾的組成就變得複雜：可能有你的合作夥伴，還有你的競爭對手。

如果你被邀請到另外一個行業做客座演講，那麼你的聽眾就變得更不確定了：你需要認真地進行調查。

調查並了解你的聽眾，可以分為以下幾個環節，如圖 2-2 所示。

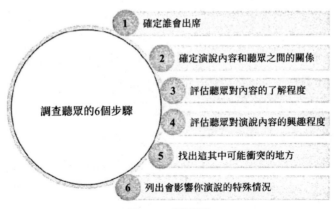

圖 2-2 了解聽眾

逐一地調查評估，了解聽眾的過程就是了解你該如何組織演說內容的過程。

時刻牢記：並非在場所有聽你演說的人都是你的聽眾。

也許在場有很多聽眾，成分組成很複雜，但是你的聽眾可能只是其中的一部分，你要做的，就是從你演說的目的出發，把他們篩選出來。

微演說案例：搞清楚你的聽眾是誰？

去年 9 月我給振興事業集團的總裁做一對一的私人演說輔導。他要參加一個由市政府領軍出席、也有許多企業家出席的會議，性質相當於企業家的大聚會，他的演講題目是《加強文化建設，促進科學發展》。請我幫助他設計、優化他的演說。

我說：演說的第一步，你要先了解你的聽眾。請你告訴我，你的聽眾是誰？

他說：這次會議有很多人參加，我的聽眾裡有企業家，還有一些是政府官員。

我說：他們並不全是你的聽眾，你的聽眾範圍必須細化。具體來說，你的演說期望是什麼？

他說：我希望有企業家聽完我的演講能夠重視企業文化的建設。

我說：這就對了，你的期望是「有企業家聽完後……能夠重視文化建設」。所以你真正的聽眾是企業家，雖然在場

的人員有企業家，有政府官員 —— 但是誰是你演說的目的所在，誰就是你真正的聽眾。接下來，我們就應該針對企業家來調整演講稿的內容。

如果你要舉辦一個新產品發布會，推廣最新研發的產品，在場的有政府官員，有媒體，有產品代理商，還有一些大客戶，那你演說的重點對象如表 2-1 所示。

結論：一個演講只能有一個重點。一個演講中，不管到場的聽眾有多少人，你永遠要從中找出「重點聽眾」來，然後花 90%甚至 100%的精力在「重點聽眾」身上。

表 2-1 不同演說類型面向的不同聽眾

演講類型	聽眾	說明
新產品發佈會	使用者	大型的、全球性的產品發布會面對的聽眾往往是使用者，比如蘋果新產品發布會，面向的永遠是使用者，永遠從使用者的角度出發來設計自己的發布會內容。蘋果發布會從不會浪費時間在使用者以外的人身上：不會將發布會的內容針對媒體或者政府。他知道誰是真正的聽眾，就把 100%的注意力放在他們身上
	經銷商	這種產品發布會非常常見，面向的是產品的代理商、經銷商。如果你的聽眾是產品的經銷商，你就沒有必要把面向使用者的那一套說辭用在他們身上，你必須了解他們的需求和關注點，來設計你的演說
	媒體	針對媒體的產品發布會

募資演說	投資人	確定你的募資演說是面向投資人，還是面向銀行要
	銀行	貸款
變革演講	股東	是面向股東還是面向員工
	員工	

關係效應：聽眾關心什麼？

▊關鍵 1：聽眾關心的問題

微演說，有一句話貫穿始終：聽眾永遠關心的是收穫。

❑ 我能得到什麼？

❑ 我能從你的演說裡得到什麼？

❑ 我為什麼要聽你的演說？

❑ 你的演說能給我帶來什麼好處？

2 個分類：

❑ 理智方面收穫：金錢、健康、效率、品質；

❑ 情感方面收穫：榮譽感、成就感、安全感、自豪感。

8 個內容：

❑ 我能透過你的演說收穫金錢嗎？（經銷商、投資者）

❑ 我能透過你的演說收穫健康嗎？（健康和心理講座的演說）

☐ 我能從你的演說收穫效率嗎？（購買者、企業培訓的演說，尤其是員工）

☐ 我能從你的演說中收穫品質嗎？（購買者、企業培訓的演說，尤其是老闆）

☐ 我能從你的演說中收穫榮譽感嗎？（表彰、動員演說）

☐ 我能從你的演說中收穫成就感嗎？（表彰、慰問演說）

☐ 我能從你的演說中收穫安全感嗎？（銀行、公司的動員演說、國家的演說、領導人的就職演說）

☐ 我能從你的演說中收穫自豪感嗎？（階段性的總結演說、企業的演說）

在不同的演說之中，聽眾關心的問題也不一樣，但是一定不脫離以上的範疇，如表 2-2 所示。

表 2-2 不同演說類型聽眾關心的問題

演講類型	聽眾	聽眾的關心	詳細化闡述	演說重點
新產品發布會	使用者	效率和品質	能帶給我們什麼樣的便利與使用價值	產品本身帶來的價值
	經銷商	盈利	經銷商不但會關心產品的技術含量，他更關心利潤和市場價值	利潤
募資演說	投資人	金錢和安全感	利潤第一，投報酬率，安全第二	利潤
	銀行	資金安全和市場週期	安全感第一	有實力保障投資安全

▌關鍵 2：聽眾為何而來？—— 聽眾來聽演講的 5 個目的

除了了解聽眾關心的 8 個問題外，你還需要分析聽眾成分，分析聽眾為何而來。了解聽眾關心什麼，同時還可以透過分析聽眾的成分來達到。聽眾來聽你演說的目的，通常有以下幾種，如表 2-3 所示。

表 2-3 聽眾的目的

聽眾為何而來	詳細描述
利益關係	無論是新產品發佈會，還是募資演講，或是競聘演說……聽眾都和你息息相關，這種利益關係可能是直接的，也可能是間接的。普通的演講會的聽眾，大多數是為利益關係而來。這樣的聽眾對演說內容的關注度是最高的，對演說者本人反而不那麼關注
工作/被派遣	這一類聽眾因工作而來，或者被派遣而來，所以你必須精心準備演說內容，一開始就抓住他們的注意力，否則你的演說很可能淪為走過場
求知	為了獲取更多的知識和能力，聽眾自覺自願前來，他們參加會議的目的就是在品質和效率上有所收穫。這一類演說必須能夠滿足他們的求知欲，演說內容應當充實、邏輯清晰。他們不會挑剔你的演說技巧，但是如果你技巧足夠出色，一定能給他們留下深刻印象
疑問	當演講的內容與聽眾息息相關時，比如說薪資的調整、工作的變動、健康保健問答、各類新聞發布會，這一類聽眾關心的是演講內容本身，技巧和水準都不重要
輕鬆娛樂	這之中有的是演講者的朋友、親屬前來捧場，有的是來看熱鬧的；還有的是慕名而來的。因此，演講的技巧較為重要

成果效應：你的演說目的是什麼？

只有前兩個問題（你的聽眾是誰、他們關心什麼）充分解決了之後，這個問題才會明確，如表 2-4 所示。

表 2-4 面對不同聽眾的演說目的

演講類型	聽眾	演說目的
新產品發布會	客戶	單品購買量
	經銷商	合作簽約量
募資演說	投資人	投資
	銀行	貸款
變革演說	員工	行動力
	股東	支持率

你的演說應建立在對聽眾充分了解的基礎上，然後以自己的演說目的為目標，以終為始，設計你的演說內容和方式。

▌關鍵 1：從聽眾的角度出發準備講稿

我們在準備演講稿的時候要站在聽眾的角度來考慮：聽眾關心什麼，需要什麼，對演講主題了解多少，是什麼看法，需要什麼幫助。當你弄清楚這些事情之後，準備的演講稿就很容得到聽眾的關注和認同。

■ 關鍵 2：你的演說方式要根據聽眾的態度而變

聽眾的態度分為兩種：支持和反對。

聽眾持支持態度時，你該如何達成你的演說目的？

答案是直奔主題，一開始就演說他們支持的內容。比如說，從下個月開始，每個員工的薪資上調 25％，但是每週工作時間延長一天，經過私下調查，你肯定員工對這個方案都是滿意的，那麼一開始你就可以從調薪講起，再講延長工作時間。

聽眾持反對態度時，你該如何達成你的演說目的？

答案是如果聽眾對你演說的主題抱有反對的態度，身為演講者就應該從與聽眾立場態度相同的地方談起，首先你要找到你與聽眾的一個共同點。

■ 微演說案例：如何讓員工接受減薪這件事？

2003 年，出現了 SARS 疫情，SARS 衝擊了經濟環境和企業，對大多數公司和企業來說都是一場災難和損失，如果你是企業的負責人，為了維持企業的運轉，你需要在企業大會上向員工們宣布每個人減薪資 25％，毫無疑問，聽眾是會抱有反對態度的。

那麼，你可以這樣開始你的演說：

「今天想和大家開個會。各位在座的員工，我們已經很

熟悉了哈，你們中大多數都是我面試進來的，我對你們每個人剛到公司的情景仍然歷歷在目。這些年，我們風雨同舟，我看到你們每個人在不斷地進步。這個公司是我的『孩子』，我把你們也當成了孩子的一部分，我們是和公司一起成長的。你們中有的成了公司的技術核心，有的走上了主管位置，還有的轉到了更高難度的職位上去，這些年，隨著我們的進步，我們公司發生了很大的變化，產品的品質在提升，銷量也在提高，市場一點點擴充，公司的效益好了起來，這些都和大家這些年的努力、團結是分不開的。」

「但是，今年注定是有大事發生的：SARS，使上至國家、小至我們這樣的企業都經受了巨大的考驗，光我們公司，今年損失的經濟效益就高達 50%。我很心疼，相信你們也一樣。現在我們公司遭受了困難，這幾個月我們幾乎沒有收益，但是沒有一天沒有支出，公司要運作下去，只能咬牙繼續。這對行業和公司來說都是很大的難關，是我們公司上下、全體同仁都在面臨的一個難關。這個難關過去了，我們的企業涅槃重生；這個難關過不去，不光企業會倒閉，你們也將面臨失業，我當然也會失去一切。從這點來講，我們的立場是一致的。」

「我不希望這些發生：我不希望公司關閉，也不希望你們失業，因為我相信困難是一時的。這麼多年，我們始終站在同一條戰線上，前年，我們的一個專案出了大紕漏，全

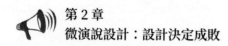
體員工為了彌補損失，整整加了一個月的班，許多人恨不得住在工廠裡，那之後我代表公司感謝了大家，給大家發了補貼，那次的難關能過去，這次也一樣。」

「所以，這次，我倡議，從我開始，所有的員工薪水下調 25％，等難關過去，我們的效益恢復了，我再把損失補給大家，請大家相信公司，相信我，更要相信你們自己，加油！」

▌關鍵 3：你的目的建立在聽眾目的實現的基礎上

人是理性生物，人類的三大共性之一就是趨利避害：如果演說的過程沒有注意到聽眾的利益，說得再好聽也是徒勞。演說目的應當建立在聽眾目的實現的基礎上，先實現他的目的，你的目的也就自然好實現了。

這種目的既可以是物質上的利益，也可以是精神上的利益，甚至可以是一種美好的願景和你對未來的美好承諾。

微演說工具：聽眾分析表

聽眾分析如表 2-5 所示。

表 2-5 聽眾分析

1. 聽眾背景分析		聽眾與演說的關係？	
身分地位（職業、階層）		聽眾對演說內容的了解程度	
年齡分布		聽眾對演說主題可能的態度是（支持、反對、中立）	
男女比例		聽眾對演講內容感興趣的程度	
文化背景（地域文化、政治背景、宗教信仰）		聽眾最感興趣的內容	
受教育水準		聽眾最不感興趣的內容	
經濟基礎		3. 你的演講能夠帶來什麼？	
2. 評估 / 預估聽眾		金錢（賺錢或者省錢）	
聽眾為何而來？		效率（節省時間或者力氣）	

利益句設計

演說高手一劍封喉：找出你的演說關鍵句

演講高手不會想當然地認為聽眾可以記住他講的所有內容。事實上，聽眾大腦的儲存空間也的確有限。在今天這樣的微時代，資訊爆炸，效率至上，如果你不能把你的演講濃縮為關鍵的一句話來傳遞，那麼，你只會被聽眾攻擊為「噁心」、「沉悶」、「無聊」、「沒價值」或是所謂的「打呼盛宴」。如果你不希望你的演講如此，那麼，從此刻起請你為你的演講設定一個關鍵句，然後找到足夠的論據來支持它。請你相信我，我用我十餘年的演說研究及實踐經驗告訴你，聽眾需要而且想要被引導，而你靠什麼來引導，靠什麼來貫穿整個演講呢？

答案：關鍵句。

記住，高手只有一句話！你要做的是精心設計這難忘的一句話，用它來貫穿演講，引導聽眾，持續重複，加深影響。

　　縱觀歷史，那些演講大家無一不是靠著關鍵的一句話來支撐他演講成功的。其實，「高手只有一句話」絕不是我今天才提出的，我們應該感謝那些演講大家，多年來，他們一直想方設法使他們的演講更加精彩，從而使我們從中受益。如實地說，如果你能向他們學習，並且得以實踐，那麼你的聽眾也一定會從你的演講中受益。我相信具有啟發性的關鍵句本身就是所有演講的堅實基礎。下面，讓我們來看幾個我們耳熟能詳、彼此間隔數十年都依然記憶猶新的演講關鍵句。每一個關鍵句都使他們在當時的情境下與聽眾建立共鳴，最終達成了某項成果。

　　1933 年，當弗蘭克林·羅斯福站在總統就職演說席時，他就清晰地知道高手只有一句話的理論。那時美國正經歷著一場可怕的經濟衰退，國民們處在即將丟掉工作的威脅之中，不得不接受微薄的薪資，忍受貧困的生活 —— 他們喪失了基本的溫飽保障，無處安身；他們備受打擊，看不到希望，對未來失去信心。就在這樣的情況下，羅斯福站上了演講臺，用了 20 分鐘的時間就改變了這一現狀。演講結束後，眾多的美國國民心中默唸著「我們唯一值得恐懼的就是恐懼本身」的信條安然入睡。雖然此次演講只有 20 分鐘的時間，但人們卻記住了這句精彩的話語。這一信條在後來的幾十年中一直跟隨著他們，這一信條使這個國家從令人絕望的大蕭條中拯救出來。70 多年過去了，我們仍然記得那清晰的、鼓

舞人心的語句，它積極向上，充滿哲理而又淺顯易懂，同時
也傳達了一種希望，讓美國人拋棄懦弱與恐懼。

記住，高手只有一句話！

1963 年 8 月，馬丁路德在林肯紀念堂的臺階上，面對近
20 萬聽眾說出了至今讓我們恆久不忘的一句話。在當時黑人
到處被迫害的時代，在當時社會動盪和文化鉅變的情境中，
他面對 20 萬人把自己樂觀的信念告知正在受到不平等待遇的
黑人同胞們，告知國家，告知世界。如今，雖然馬丁路德已
離我們而去，但他的那句話依然釋放著一種深入骨髓的震撼
力，令人熱淚盈眶，他說：「我有一個夢想。我的這個夢深
深植根於美國夢之中。我夢想有一天，這個國家將會奮起，
實現其立國信條的真諦：我們認為這些真理不言而喻：『人
人生而平等。』我夢想有一天，在佐治亞州的紅色山崗上，
昔日奴隸的兒子能夠同昔日奴隸主的兒子同席而坐，親如手
足。我夢想有一天，甚至連密西西比州 —— 一個非正義和壓
迫的熱浪逼人的荒漠之州，也會改造成為自由和公正的青青
綠洲。我夢想有一天，我的 4 個小女兒將生活在一個不是以
皮膚的顏色，而是以品格的優劣作為評判標準的國家裡。我
夢想有一天，深谷彌合，高山夷平，歧路化坦途，曲徑成通
衢，上帝的光華再現，普天下生靈共謁。這是我們的希望。
也正是我將要帶回南方的信念。有了這個信念，我們就能從
絕望之山開採出希望之石。有了這個信念，我們就能把這個

國家的嘈雜刺耳的爭吵聲，變為充滿手足之情的交響曲。有了這個信念，我們就能一同工作，一同祈禱，一同鬥爭，一同入獄，一同維護自由，因為我們知道，我們終有一天會獲得自由。」

雖然這是一篇 3,000 多字的演講，但馬丁路德的夢想不僅是他自己的願望，更是他對於和平、公正、友好的信念，然後透過這個信念去建立一個試圖惠及所有人的世界。他所夢想的 ──

以光明和平靜的未來代替眼下的不公正 ── 已成為全球社會為公正、自由而戰的主題語。

記住，高手只有一句話！

1980 年，羅納德·雷根面對期望連任的吉米·卡特說出了一個極具影響力的一句話：「你們比 4 年前過得更好嗎？」8 天後雷根靠著這句讓所有人深思的話贏得了選舉。這一微妙且尖銳的諷刺性語句把當時令人不滿的社會情況一下子變成了眾矢之的，這影響了那些搖擺的選民們，最終使他們把白宮交到了共和黨人的手中。沒錯，雷根的確有一整套詳細的議程和方案，裡面列滿了他所要進行的變革，但他卻把焦點集中到了使選民確信卡特政府無能上。他用一個極具說服力的問題涵蓋了他的那套議程和方案，他贏了。

記住，高手只有一句話！

2008 年，巴拉克·歐巴馬站上了美國第 44 任總統就職的

演說席，那一刻，我想他的心中一定充滿了激動與顧慮。激動的是美國歷經 200 餘年的發展，自己歷經 4 餘年的就職準備，他 —— 一個黑人實現了一切你認為不可能做到的事，他顧慮的是美國乃至世界都正在經歷著一場前所未有的金融危機，企業破產、銀行關門、員工失業、通貨膨脹……

然而就在這樣一個危機重重的時刻，他講出了那句激動人心的話語「yes we can」。

「……是的，我們能做到。當她（106 歲的投票人安·尼克森·庫柏）看到婦女們站了起來，看到她們有權利站出來發表自己的見解，看到大選可能因她們而改變時。是的，我們能做到。當 30 年代的沙塵暴和大蕭條使人們感到絕望時，她看到一個國家用新政、新的就業機會，以及對新目標的共同追求戰勝恐慌。是的，我們能做到。當炸彈襲擊了我們的港口、暴政威脅到全世界，她見證了一代美國人的偉大崛起，見證了一個民主國家獲得拯救。是的，我們能做到。當她看到蒙哥馬利通了公共汽車、伯明翰接上了水管、塞爾馬建了橋，一位來自亞特蘭大的傳教士告訴人們：『我們將克服阻力。』是的，我們能做到。當人類登上月球、柏林牆倒下，世界被我們的科學和想像連線在一起時。是的，我們能做到。今年，在這場選舉中，她用手指觸控式螢幕幕，投下自己的選票，因為在美國生活了 106 年之後，經歷了最好的時光和最黑暗的時刻之後，她知道美國如何能夠發生變革。

是的，我們能做到；當我們遇到嘲諷和懷疑，當有人說我們辦不到的時候，我們要以這個永恆的信條來回應他們。是的，我們能做到……」

記住，高手只有一句話！

從英國首相邱吉爾的「絕不放棄」到印度領袖甘地的「以眼還眼世界只會更盲目」；從馬丁路德的「我有一個夢想」到巴拉克·歐巴馬的「yes we can」；從羅斯福總統的「我們唯一值得恐懼的就是恐懼本身」到雷根的「你們過得比 4 年前更好嗎？」……這種用不同形式出現的主題句都創造出歷久彌新、令人難忘的時刻。你我可能永遠都不會成為總統或政界領袖，但我們可以透過他們的演講學習他們的表達方式。演講中只有明確的言辭和圖像才能夠使人們對你的演講記憶深刻。過去是，現在是，以後更是。因為，在越來越「微」的時代裡，人們不會記住你的所有，只會記住你的核心。

記住，高手只有一句話！

當聽眾離開演講廳的時候，你希望他們在腦海中重複出現你提出的哪個觀點？

你希望你的聽眾隔天在與朋友聊天時會不斷地提起、重複你所講述的哪個觀點？

高手只有一句話！沒有人想要帶著 5 個「絕對重要」的觀點離開你的演講廳；也沒有人能在第二天與朋友吃飯聊天時能重複你提出的 6 個關鍵，但是他們會記住並且完全能夠

重複你提出的那個最強大的、擲地有聲的觀點。麻煩你，不要強迫你的聽眾用心記憶你的三個或四個關鍵詞。因為你做不到，他們也不可能做到。他們不想費力去記住你的多個觀點，他們只想要一個觀點，並且想要你找到足夠的證據來支撐這個觀點。相信我，每次演講一個觀點，而且這個觀點經過深思熟慮，它會成為你連結聽眾的最好方法。

因為，高手只有一句話！

現在你知道高手只有一句話，可是我知道你在想，糟糕，我要談的問題很複雜，我沒法把它歸結為一個觀點（如行銷計劃、投資策略、生產計劃、人生規劃等），實在不是像上面所談到的一個觀點那麼簡單。你是正確的，但我也沒有錯。我只是要你把你想要談的事歸結為一個觀點，並以此觀點去拓展你那些複雜的內容。因為只有這樣你才能走上一條演說的康莊大道，並最終成為一個受聽眾熱捧的演講嘉賓。是的，你的問題可能的確很複雜，但無論多麼複雜，都不會比羅斯福、馬丁路德、歐巴馬或者雷根所面對的問題更加複雜、更叫人頭痛。要想成為演說大家，你必須明白，問題越複雜，越富有爭議性，聽眾就越期待聽到一個統一的、清晰的觀點。身為演講者和整個報告廳的「統治者」，你的首要任務就是把你的演講濃縮成一句話傳達給你的聽眾。如果不屑創造、支持和重複這個關鍵句，那麼，你就是自毀其路，就是想要讓自己淪落為聽眾及同事們在茶餘飯後聊天的笑料和批評的對象。

高手只有一句話！無論多麼艱難，你都需要締造這句獨一無二的演講關鍵句。

縱觀史上所有演講，那些讓你覺得枯燥、乏味的演講，大多數不都是因為演講者不願費力去為自己的演講創造一個強而有力的關鍵句而造成的嗎？他們通常都自以為幫助聽眾理解話題的最好方法，就是盡可能給他們足夠多的觀點。他們甚至錯誤地認為，講的觀點越多越全面，他們的表現就越讓人記憶猶新。這些被誤導的演講者總是幻想著當聽眾離開演講廳的時候會說：「哇！真全面呀！」但他們卻不知道，聽眾真正想說的是：「這半個小時真是浪費了，他到底想要表達什麼呢？」相反，如果你能認知關鍵句的重要性，而且願意花精力去創造你的演說關鍵句，你就可以輕而易舉地避開這樣的情景。

不要懷疑，高手只有一句話！

演講關鍵句設計的三大原則

▌原則 1：演說關鍵句，必須是積極的、給予希望的

1933 年，美國富蘭克林·羅斯福總統就職時面對很多不可能避免的負面現實，羅斯福的就職演說選擇了坦率地面對現狀，他說「只有愚蠢的樂天派才會否認美國陰暗的現

狀」。羅斯福並不把現狀的困難輕描淡寫地帶過，而是在面對現實的同時給予希望：

「今天，對我們的國家來說，是一個神聖的日子。我肯定，同胞們都期待我在就任總統時會像中國目前形勢所要求的那樣，坦率而果斷地向他們講話。現在正是坦白、勇敢地說出實話，說出全部實話的最好時刻。我們不必畏首畏尾，不老老實實面對中國今天的情況。這個偉大的國家會一如既往地堅持下去，它會復興和繁榮。因此，讓我首先表明我的堅定信念：我們唯一值得恐懼的是恐懼本身 —— 一種莫名其妙、喪失理智、毫無根據的恐懼，它把人轉退為進所需的種種努力化為泡影。凡在中國生活烏雲密布的時刻，坦率而有活力的領導人都得到過人民的理解和支持，從而為勝利準備了必不可少的條件。我相信，在目前危急時刻，大家會再次給予同樣的支持。」

羅斯福找到了他的演說關鍵句，並把這句話貫穿始終：「我們唯一值得恐懼的，就是恐懼本身。」

■ 原則 2：演說關鍵句，必須緊扣聽眾的內心

只要你充分把握了聽眾的心理，演說就有把握成功。演說關鍵句，必須簡單而富有煽動性，煽動性的來源就是聽眾的利益。

我非常尊敬的演講大家李踐老師在他的代表作「營利模式」中，3 天的課程時間一直在不斷重複一句話：回去之後 6 個月，企業利潤增長 50%。

簡單、直接，效果 100%。

▎原則 3：任何關鍵句都需要被重複或者被強調

關鍵句被廣泛應用在現代的廣告之中，任何成功的廣告都離不開這個策略：「好東西和好朋友分享」、「全家就是你家」等，反覆重複，直到它深入人心。

還有一些關鍵句不適合重複。那麼它就需要被強調（透過停頓、語氣、語調的變化）。

對於甘迺迪總統的就職演說，也許我們記不住全部內容，但是以下的話誰人不知？

「不要問國家能夠為你們做什麼，問問自己能夠為國家做什麼。」

「不要問美國即將為你們做什麼，要問我們能夠共同為人類的自由做什麼。」

這就是我們要達到的效果。

觀點提煉

任何演說都需要有它的核心，每一句話都圍繞演說的中心思想，它將透過具體的案例和素材表達。

鮮明的主題表達著演說者的觀點、見解和意圖。演說的主題就是演說的靈魂，主題決定邏輯、素材的取捨和安置。

所有的觀點和數據都是為演說的主題而服務的。

觀點支撐核心，案例支撐觀點，數據支撐案例。

你可以拿一張紙，在紙的正中寫下演說的主題核心，而後圍繞這個主題，把可以支撐演說主題的觀點、數據和案例寫在主題的四周。

觀點支撐了演說的主題，而案例支撐了觀點，再下一層，數據支撐了案例。

微演說案例：馬雲在雅虎的演講 —— 愛迪生欺騙了全世界

今天是我第一次和雅虎的朋友們面對面交流，我希望把我成功的經驗和大家分享，儘管我認為你們中絕大多數勤勞聰明的人都無法從中獲益，但我堅信，一定有一些懶得去判斷我講的是否正確就效仿的人，他們就可以獲益匪淺。讓我

們開啟今天的話題吧！

世界上很多非常聰明並且受過高等教育的人，之所以無法成功，就是因為他們從小就受到了錯誤的教育。很多人都記得愛迪生說的那句話吧：天才就是99%的汗水加上1%的靈感。並且被這句話誤導了一生。勤勤懇懇地奮鬥，最終卻碌碌無為。其實愛迪生是因為懶得想他成功的真正原因，所以編了這句話來誤導我們。很多人可能認為我是在胡說八道，好，讓我用100個例子來證實你們的錯誤吧！事實勝於雄辯。

世界上最富有的人，比爾蓋茲，他是個程式設計師，懶得讀書，他就退學了。他又懶得記那些複雜的DOS命令，於是他就編了個圖形使用者介面，叫什麼來著？我忘了，懶得記這些東西。於是，全世界的電腦都長著相同的臉，而他也成了世界首富。

世界上最值錢的品牌，可口可樂。他的老闆更懶，儘管中國的茶文化歷史悠久，巴西的咖啡香味濃鬱，但他實在太懶了。弄點糖精加上涼水，裝瓶就賣。於是全世界有人的地方，大家都在喝那種像血一樣的液體。

世界上最好的足球運動員，羅納度，他在場上運動都懶得動，就在對方的門前站著。等球砸到他的時候，踢一腳，這就是全世界身價最高的運動員了。有的人說，他帶球的速

度驚人，那是廢話，別人一場跑 90 分鐘，他就跑 15 秒，當然要快些了。

世界上最厲害的餐飲企業，麥當勞。他的老闆也是懶得出奇，懶得學習法國大餐的精美，懶得掌握中餐的複雜技巧。弄兩片破麵包夾塊牛肉就賣，結果全世界都能看到那個 M 的標誌。必勝客的老闆，懶得把餡餅的餡裝進去，直接撒在發麵餅上面就賣，結果大家管那叫 PIZZA，比 10 張餡餅還貴。

還有更聰明的懶人：

懶得爬樓，於是他們發明了電梯；

懶得走路，於是他們製造出汽車，火車和飛機；

懶得一個一個地殺人，於是他們發明了原子彈；

懶得每次去計算，於是他們發明了數學公式；

懶得出去聽音樂會，於是他們發明了唱片、磁帶和 CD。

這樣的例子太多了，我都懶得再說了。

還有那句廢話也要提一下，生命在於運動，你見過哪個運動員長壽了？世界上最長壽的人還不是那些連肉都懶得吃的和尚？如果沒有這些懶人，我們現在生活在什麼樣的環境裡，我都懶得想！人是這樣，動物也如此。世界上最長壽的動物叫烏龜，牠們一輩子幾乎不怎麼動，就趴在那裡，結果能活 1000 年。牠們懶得走，但和勤勞好動的兔子賽跑，誰贏了？牛最勤勞，結果人們給牠吃草，卻還要擠牠的奶。熊貓

傻了吧唧的，什麼也不幹，抱著根竹子能啃一天，人們親暱地稱牠為「國寶」。

回到我們的工作中，看看你公司裡每天最早來最晚走，一天像發條一樣忙個不停的人，他是不是薪資最低？那個每天遊手好閒，沒事就發呆的傢伙，是不是薪資最高，據說還有不少公司的股票呢！

我以上所舉的例子，只是想說明一個重點，這個世界實際上是靠懶人來支撐的。世界如此精彩都是拜懶人所賜。現在你應該知道你不成功的主要原因了吧！懶不是傻懶，如果你想少做，就要想出懶的方法。要懶出風格，懶出境界。像我從小就懶，連長肉都懶得長，這就是境界。

在馬雲的這場演說之中，他的演說核心是：世界是靠懶人推動的（而不是 99％的汗水）。而支持這一核心的有以下幾個觀點，如表 2-6 所示。

馬雲圍繞著「懶人推動世界」這個主題，找出了多個支撐核心的觀點，之後尋找了多個案例支撐自己的觀點（比爾蓋茲、披薩、可口可樂、麥當勞，電梯等），顯得極富說服力。

這段演講被迅速地轉載、傳播，放大了馬雲自身的價值，更提升了他的影響力。如果沒有觀點和案例支撐他的演講核心，那麼肯定不會有這個效果了。

表 2-6 演說的核心

序號	觀點	解說	支持觀點的案例
1	因為懶，創新	懶人因為懶，創造了比現有事物更簡單的新事物	比爾蓋茲因為懶得使用DOS，而創新了更簡單的圖形界面程式
2	因為懶，簡化	懶人因為懶，化繁為簡	如可口可樂、披薩、麥當勞的流行
3	因為懶，發明	懶人因為懶，發明了物品	電梯、汽車、飛機的出現都是因為懶得走路，唱片的出現是因為懶得去現場聽
4	因為懶，效率	懶人因為懶，而變得更有效率	羅納爾多、原子彈、數學公式
5	因為懶，重要	懶並不代表不工作，懶人可能比勤快人更重要	公司裡不上班卻掌握股票的人
6	因為懶，得好處	懶惰使動物們更長壽、生活得更簡單、更受歡迎	勤快的牛和懶散的熊貓的對比，懶卻長壽的烏龜

微演說工具：九宮格提煉法和頭腦風暴颳起的旋風

利用九宮格提煉素材，先畫九宮格，而後把演講的核心寫在中間，再圍繞演講的核心，透過頭腦風暴的方式思考、舉例、歸納、提煉，寫下觀點，最後圍繞觀點找出支撐觀點的素材和數據，如表 2-7 所示。這種方式可以快速有效地整理出演講的素材。

表 2-7 九宮格提煉法

支撐觀點1的素材： 支撐觀點1的數據：	觀點1	支撐觀點4的素材： 支撐觀點4的數據：
觀點2	微演說核心	觀點4
支撐觀點2的素材： 支撐觀點2的數據：	觀點3	支撐觀點3的素材： 支撐觀點3的數據：

素材收集

　　收集素材的過程也是沉澱內功的過程，一個缺乏文化累積和文化底蘊的人很難成為真正的演說者，人們說「胸中有丘壑」，還說「胸有成竹」，這險峻丘壑和挺拔成竹都是靠累積得來的，累積素材就是這樣的過程。

數據與觀點

用詳細的自身案例支撐觀點

　　詳細的自身案例可以有力地支撐演講的觀點。聯想創始人柳傳志曾在大學演講，題目是《聯想的創業之路》。在談到「創辦企業的政策風險」時，他舉了一個完整的例子。

　　用自己的案例支撐觀點，可以增強觀點的說服力，也能生動地表述觀點，從而使聽眾的印象更深刻。

　　如果柳傳志只是簡單地說「創辦企業要承擔政策風險」，會顯得模糊而籠統。

▌用數據支撐觀點

用數據來支撐觀點，將使演說直觀、可信、有說服力。事實上，數據本身就是說服力。

統計數據會使細節更清晰，論據更鮮明，闡述更具體。聽眾並不能記住你說的所有數據，但是他們會受到數據的影響。數據的作用還在於使聽眾記住結論，並記住「有一大堆的數據可以支撐演講人的立場」。

▌利用數據表達演說者的思想和情懷

數據本身就可以傳情達意、表達思想。數據單獨存在時沒有意義，但是和計量單位一起存在時就有了意義。

收集素材的 18 個路徑

▌從自己和身邊的人身上收集

路徑 1：自己的經歷

路徑 2：朋友的經歷

路徑 3：同事的經歷

路徑 4：家人的經歷

▌從書本、歷史、名人、笑話寓言中收集素材

路徑 5：名人故事

路徑 6：書籍

路徑 7：笑話

路徑 8：寓言

路徑 9：歷史

路徑 10：報紙雜誌

說明：書本、雜誌同樣是收集素材的良好途徑，與身邊的人相比，這些素材更不拘一格，也更廣闊。多讀書，多收集。

路徑 11：電視

路徑 12：時事新聞

路徑 13：訪談節目

路徑 14：網路

路徑 15：電影

說明：電視、電影、新聞、訪談節目都是收藏素材的有效途徑。微時代資訊開放，每天都有新的事情發生，這些新的事情都可以被我們記錄、思考。

透過有意識的學習、研究收集素材

路徑 16：課程學習

路徑 17：演講

路徑 18：統計報告

說明：從課程、演講、統計報告中收集的素材，專業性更強，數據更明確，是不可或缺的素材收集手段。

結構部署

結構部署 —— 三三法

三三法意義豐富，它是一套快速整理邏輯建立骨架的方法。三三法的目的是使演講的內容條理清晰、層級鮮明、簡單有效。

我非常喜歡三三法，也了解三三法的重要性，所以我的另外一門課程《微溝通》，就採取了三三法，我把溝通設計成一個溝通的模型，如圖 2-3 所示。

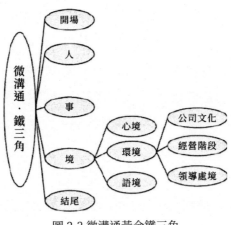

圖 2-3 微溝通黃金鐵三角

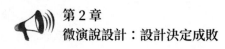
微溝通的黃金鐵三角，一共三個內容：人、事、境。

☐ 第一點，溝通的人。

☐ 第二點，溝通的事。

☐ 第三點，溝通的境。

這是三大類，而每個大類，又分三個小類。

比如說「人」，人有三點：共性、特性、差異性。世人的共性有三個：喜歡被愛、趨利避害、希望被尊重；國人的共性也有三個：情在理前、萬事中庸、面子第一。

比如說「事」，有三點：家事、公事、人際事。司事也有三個：對上司、對平級、對下屬。

比如說「境」，有三點：環境、心境、語境。環境也有三點：公司文化、發展階段、主管處境。

因為《微溝通》的課程內容複雜，所以我透過三三法的架構來使它邏輯清晰，架構明確，容易理解和記憶。

任何演講內容都可以用三三法來分類，比如說你的演講主題是《唯有奮鬥才能成功》，你的核心關鍵句是「挫敗鑄就強大，奮鬥鑄就成功」。你可以分三個部分來講：你的經營失敗了，你怎麼做；你的情感遭遇失敗了，你怎麼做；你的工作遇到失敗了，你怎麼做。

三個內容，三個範疇，都印證了你的核心關鍵句。你演講的主題：這三個內容也涵蓋了普通人生活奮鬥的重點。

結構部署 —— 5W1H

一般來講，邏輯推演有三個維度，即上推、平行、下切。比如說可樂，那麼上推就是飲料，下切就是可口可樂；比如說手機，上推是生產商，下推是銷售商。5W1H 如表 2-8 所示。

表 2-8 5W1H 結構

	買方	賣方	中間人
	上司	同級	下屬
三種身分(Who)	公司	客戶	對手
	老公	老婆	孩子
	製造商	經銷商	顧客
	家事	國事	天下事
三件事情(What)	買衣服	吃飯	看電影
	現象	統計	原理
	家裡	公司	路上
三個位置(Where)	香港	澳門	臺灣
	坐著	站著	躺著
	上午	中午	下午
三個時間(When)	昨天	今天	明天
	初期	中期	後期
	能力	態度	情境
三個原因(Why)	個人	管理	競爭
	現時	歷史	發展
	計劃	執行	檢討
三個方法(How)	進攻	撤退	防守
	寫信	電話	面談

微演說工具：演講設計模板

根據實際應用情況，我設計了演講專用模板，你可以按照模板設計你的演說布局。

按照表格設計你的演講，一共有 4 步。

1. 確定演講的核心關鍵句：首先確定你演講的核心，設計好演講的關鍵句，填入表格。

2. 確定大綱（三個主要觀點）：演講觀點的呈現，也叫大綱一、二、三。確定你要表達的觀點，依次填入表格觀點／內容欄。應用你的觀點來進行合理布局。

3. 確定支撐觀點的素材：在表格中填入素材／故事／數據。確定素材使用的邏輯（時間邏輯／變焦邏輯／空間邏輯／收益邏輯／等）。

4. 我的鳳頭豹尾是什麼？開頭和結尾在最後設計，填入表格之中，如表 2-9 所示。

表 2-9 演講專用模板

結構	觀點/內容	支撐觀點的素材	數據	邏輯
核心關鍵句				
1. 開頭				

2. 演講大綱 （三三法）	第一			
	第二			
	第三			
3. 結尾				

鳳頭設計

鳳頭 —— 開場白

好的開場是成功演說的一半

任何事物的開始都非常重要。我們對「開始」的描述，既有「萬事開頭難」，也有「良好的開端是成功的一半」；既有「千里之行，始於足下」，也有「第一印象效應」和「先入為主」。總之，演說的開頭，是你吸引聽眾的最佳時機，你要想方設法地博得聽眾的好感，如果你一開始沒有抓住聽眾的興趣，接下來的時間你將非常尷尬，或許你用 36 倍的時間也無法彌補聽眾對你的信心。

開場白的 ABC 法則

要互動：一開始就讓聽眾參與其中。

互動能夠活絡現場氣氛，並且拉近你和聽眾的關係，增強聽眾對你的好感，吸引聽眾對演講的注意力。

如何互動？

有 4 個方法：

❑ 問問題 —— 激發聽眾興趣。
❑ 提背景 —— 抬高主講身分。
❑ 感謝人 —— 拉近彼此距離。
❑ 自己人 —— 建立聽眾共識。

▶方法一，問問題 —— 激發聽眾興趣

技巧 1：舉手確認。

舉手確認，是外在的互動：問個小問題，然後讓聽眾舉手示意確認。比如你演講的題目是《愛的永續性》，當你發現現場聽眾興致不高時，你可以透過以下方式引起聽眾的注意力：

「我想問個問題，現場的聽眾，你們多少人已經有男女朋友或者伴侶了？有的請舉手。」

「看起來有伴的占大多數。那麼，有多少人希望自己的愛情能夠持久？所有人都希望愛情能夠持久，但是愛情怎樣才能持久呢？這就是我今天演講的主題《愛的永續性》。」

技巧 2：透過問題讓聽眾思考，產生互動。

這是內在的互動，使演講者的內心與你互動：演講的境界往往來自於內在的互動。

在演講一開始，就詢問一系列和聽眾息息相關的問題，使聽眾產生思考。當你向聽眾提出問題時，不論他是否會

起來回答，大部分人都會去思考問題。思考的效果和直接由演講者說出來的效果是不一樣的，思考能讓聽眾留下深刻印象。

「在我演講開始之前，想先請教大家一些問題，請教在座各位們，你了解自己的個人資產都包括什麼嗎？當然也許你會說，這有什麼不了解的。好的，那麼請問你的資產是多少，你不用回答。其中多少動產、多少不動產？多少投資、多少理財？其中多少是可以升值的，多少又在貶值？你升值的資產跟貶值的資產的比率是多少？你的銀行存款和你的全部資產的比率又是多少？不要小看這些問題，你告訴我升值資產和貶值資產的比率，百分之多少，我就知道你是窮人還是富人……這就是我今天演講的主題《如何使你的資產升值》。」

▶方法二，提背景 —— 抬高身分

如果你是專業人士，你對演講的主題有很深的研究，或者你有故事背景、演講背景可以證明你的專業度，你也可以透過提背景的方式破冰。提背景目的在於使聽眾了解你的專業度、了解你演講的背景，從而抬高你的身分。

注意不要誇大。華人的傳統是含蓄、內斂、謙虛，如果你過於誇大，聽眾就會對你產生質疑。

若一開始就講得令人質疑，那麼不管你後來的演講多麼

精彩，聽眾也能找到問題：你演講的措辭、邏輯、發音 ──
全都是可以挑剔的問題。

▶方法三，感謝人 ── 拉近距離

有一段時間，我曾使用這樣的感謝詞：

「親愛的各位朋友、各位來賓，有一句話說：朝露要感
謝朝陽，稻穗要感謝雨從天降，軍人要感謝戰備精良，沒有
世界盃炒不起足球的狂熱，沒有冰山撞不沉鐵達尼號，今天
如果沒有主辦單位的邀請，我就沒有機會站在這個舞臺上，
沒有辦法和你們分享。所以現在我要向你們深深地鞠一躬；
還有在場的聽眾，是你們給了我舞臺，是你們給了我分享的
機會，是你們讓我變得如此精彩，所以我要跟你們說，謝
謝。」

▶方法四，自己人 ── 建立你和聽眾的共同點

如果演講者和聽眾之間具備共同的特點：或者是地位，
或者是經歷，或者是故鄉，甚至是興趣、愛好、信仰，都可
以作為你和聽眾共同的背景，然後從描述你和聽眾的共同背
景入手，拉近你和聽眾的距離。這是一種頗為溫暖柔和的破
冰方式。

第二次世界大戰期間，英國首相邱吉爾在美國做了一個
著名的聖誕演講，就是以強調雙方的共同背景開始：

「我今天雖然遠離家庭和祖國，在這裡過節，但我一點

也沒有異鄉的感覺。我不知道，這是由於本人母親的血統和你們相同，抑或是由於本人多年來在此所得的友誼，抑或是由於這兩個文字相同、信仰相同、理想相同的國家，在共同奮鬥中所產生出來的同志感覺，抑或是由於上述三種關係的綜合。總之，我在美國的政治中心 —— 華盛頓過節，完全不感到自己是一個異鄉之客，我和各位之間，本來就有手足之情，再加上各位歡迎的盛意，我覺得很應該和各位共坐爐邊，同享這聖誕之樂。」

在平安夜這個特定的時間裡，邱吉爾娓娓道來，訴說彼此的血緣關係、語言相同、信仰一致、理想一致，還有在共同的奮鬥中結下同志般的情誼，這些都把邱吉爾和聽眾的心拉近了，實現了情感上的共鳴。

政客都深諳共同背景的重要性。1858 年，林肯到伊利諾伊州的南部進行競選演說，當時林肯在競選美國的上議院議員。林肯是反對奴隸制的，而伊利諾州的南部仍然有許多擁有黑奴的人，他們對廢奴主義者非常仇恨，他們發誓只要林肯敢來，就讓他死在這裡。

但是林肯用共同背景拉近了彼此的距離：

「伊利諾州南部的同鄉們，肯塔基的同鄉們，我聽說在場的聽眾中有是要和我敵對的。老實說，我實在不明白為什麼你們要這樣做，我是和你們一樣的、爽朗正直的平民，那為什麼我不能和你們一樣，擁有發表自己意見的權利呢？朋友們，

我絕不是來干涉你們，和你們作對的人，我也是你們中間的一員，我生於肯塔基州，長於伊利諾州，和你一樣，我從艱苦的環境中掙扎出來，我既認識南伊利諾州的人，也認識肯塔基的人，我還想認識密蘇里的人，因為我是他們中的一員……」

就這樣，林肯短短幾句話中強調了彼此共同的背景：

我和你們一樣都是平民；

我們是同鄉；

我們同樣是出身於艱苦環境；

我是你們中的一員。

說價值：一語道破的修練之旅

要立刻說出你能給聽眾帶來的益處。

我在《微演說》課程的開場白通常是：「大家好，我今天跟大家分享的課程是《微演說》，透過這個課程你可以做到：微言大義、辭微旨遠、語出驚人、直指人心。」

在一句話之內，我就可以說出我的課程給聽眾帶來的益處，這是我的演講課程的核心，也是我課程的價值所在：這個價值就是讓聽眾獲得。

聽眾聽完我的第一句話，他就知道他今天沒有白來：此人可以做到微言大義、辭微旨遠、語出驚人、直指人心 ——那麼他當然會繼續聚精會神地聽下去。

一個沒有好處的演講，聽眾是不會感興趣的，也不會行動。

有些演講之所以失敗，並不是演講者對演講內容準備得不夠充分，也不是演講者缺乏演講水準，而是聽眾對你演講內容不感興趣 —— 聽眾往往關心與他們切身利益息息相關的內容，這就是為什麼調整薪資、升遷、職務分配等話題往往比人口普查、計劃生育等話題更吸引人。

演講就像是一場心靈的旅行，你就像是一位帶著聽眾心靈旅遊的導遊。如果你準備要帶領大家出發時，卻發現所有人都不理睬你，離你遠去，那麼在這之後的幾個小時你都會無比尷尬。如果你想要高聲招呼大家：「出發啦！」周圍所有人就興高采烈地同你一塊出發，就需要你站在他們的角度來思考問題。知道他們關心什麼，在乎什麼，當你知道他們的喜好、需要時，就很容易讓他們願意接受你的帶領。

身為一個優秀的心靈導遊，從你演講的開始到最後結束，所帶領的團隊沒有一個開小差走神，這就是一次非常完美的心靈旅遊。想要成為這樣一個優秀的導遊，你就必須知道你所帶領的聽眾所感興趣的風景在哪裡。

然後在一開始，就把他們最關心的風景指出來 —— 說出你對他們的價值。只要充分了解聽眾關心什麼，任何類型的演說，只要找對切入點、找對演說內容和聽眾的關係所在，都能獲得聽眾的關注。

一致性：盡全力做到你能做到的最好

演講的一致性有兩個需要注意的關鍵點：

1. 你要成為你演講主題的代表。
2. 你的演講呈現要具有一致性：文字語言、聲音語言、肢體語言同步，呈現出一致的內容。

■ 關鍵 1. 成為你演講主題的代表

你要成為你演講主題的代表：講你所做 —— 你的演講需要是你自己做過的，如果你要講一個關於如何進行演說的演講，你本人說話都不是很流利，怎麼令人信服？

2006 年時，我在培訓行業已經做了 4 年，我講了很多課程：有談判、有銷售、有溝通、有服務，甚至有企業績效管理。

我幾乎進入了「瘋狂演講」的程度，當時我演講的水準還沒有今天這麼精細，有企業老闆來請我講課，問我：你會什麼課？

我說：你需要什麼課？

任何課我都會講，但有的課程是我沒講過的，企業老闆叫我講，我會回去立刻買書、學習、總結，然後備課，最後再演講。

2006 年的時候，我意識到一個問題：如果未來我想在這個行業擁有一席之地，我靠的是什麼？我的核心在哪裡？

我不能像過去的老師一樣，一個人可以講 3 個、5 個、8 個、10 個課程，一個培訓師可以擁有許多許多的課程，像天才一樣什麼都會。可是，有一句話：博而不精。一個人什麼都會，實際上是什麼都不會。

在我的反思過程中，我知道我必須找到自己的核心優勢，我發現，在未來的市場中，只有一種人才是 T 型人才：T，上面一橫是他的廣度，下面一豎是他的深度，他需要有一定的廣度，然後在自己的專業上有深度，最終致勝的，還是自己的深度。

我發現這個世界上最有影響力的人，都不是沒有缺點、沒有短處的人，但是他們的優點足夠明顯。

後來我對自己進行了系統性研究，排除了很多原本我不擅長的課程：比如人力資源，我很懂人力資源，但是我沒有真正地做過人力資源，我不是這個主題的代表，所以我 pass 了。還有績效管理，我的核心優勢也不是績效管理。

我需要找出我的核心優勢，我要做一個我可以做到極致、但是別人做不到的地方，最後我發現自己最擅長的還是演講和溝通，我可以把演講做得非常精彩。這件事我每天都在做，這件事我有經驗，講我所做當然就有說服力。

於是我留下了我最熱愛、最喜歡的兩個課程 —— 溝通和演講。

在之後許多年之中，我對演講、溝通又進行了大量的研

究，並且進行了創新，使它們成為了別人沒有的《微溝通》和《微演講》。

我可以在這個領域做到最好，所以我講的演講課程非常具有可信度。我能成為自己演講課程的代表，這就是一致性。

▎關鍵 2. 讓你的演講呈現出一致性

現代演講中繞不過去的一個名字那就是賈伯斯，他堪稱演講大師中的大師，天才中的天才，他的演講聲色俱佳，堪稱視聽的盛宴。尤其他使用的肢體語言，每一個動作都精心設計、不可替代。

這裡我們分析一下在 2003 年蘋果展示會上，賈伯斯推出超薄的鈦合金筆記型電腦最新款 PowerBook 時使用的肢體語言，是如何配合他的演講詞的，如表 2-10 所示。

表 2-10 賈伯斯演講分析

賈伯斯的文字語言	肢體語言	肢體語言解讀
2年之前，蘋果公司推出了一款具備里程碑意義的筆電——PowerBook鈦合金筆電，它瞬間就成為了全行業最頂尖的產品	伸出自己的食指	代表一：一款產品、最頂尖、第一
它可以滿足你的一切欲望，所有的測評都是好評一片	打開雙臂，掌心向上	代表誠懇、無保留、好評一片
你們知道嗎？兩年時間過去了，沒有一款產品能夠企及，直到現在，它在業界也被認為是首屈一指的頂尖產品，沒有可以媲美它的電腦	左手臂上下揮動	代表否定：沒有產品可以追上

這對蘋果公司來說非常重要。因為我們相信，總有一天筆記型電腦會超越桌上型電腦的銷量，而我們想要讓筆電取代桌電	雙手展開	展望未來
所以說，我們將如何讓筆電取代桌電？我們的下一步怎麼做？鈦合金Power-Book是一款劃時代的產品，我們不會使它停產，但是我們會使它升級：來吸引更多的桌機使用者購買它	左手大幅度地從左劃到右	兩個含意：取代、更多
我們如何實現它？用這個：最新款的17英寸PowerBook——具備17英寸的寬屏的顯示器。它看起來簡直令人驚豔	雙手展開，手心向外	表示「寬」
當你闔上它時——只有一英寸厚。它是史上最薄的PowerBook	左手做了個捏的動作：透過展示拇指和食指的空隙來示意它的寬度	表示「薄」
我來為你們展示一下，我這裡有一臺。它是蘋果公司製造的最不可思議最驚人的產品。新款的17英寸的PowerBook，好得嚇人——看看這屏幕	走到舞臺另一邊，打開PowerBook，舉高，展示筆電打開的樣子	展示寬屏
看看PowerBook有多薄——是不是不可思議，而且它非常漂亮	把筆電闔上，再舉高	展示薄度
很明顯，它就是全世界有史以來最先進的筆記型電腦了。而現在我們的競爭對手還沒追上它兩年前的版本。我真不知道他們如何面對我們最新的產品	愛心忡忡狀，聽眾被逗笑了	充滿自信的「憂心」

　　在這段極具感染力的演講之中，我分析賈伯斯使用的文字語言、肢體語言和肢體語言代表的含義：你必須承認賈伯

斯是演講大師，以及這些文字語言如果沒有了肢體語言的配合，將是多麼黯然失色。每一句關鍵的話他都用手勢來輔助，務求每一句的呈現都精益求精。

開場的 10 個禁忌

▍禁忌 1. 自誇式

開場白禁忌自吹自擂，首先自誇式的開場白容易引起別人的反感，令人懷疑你的專業度，更要命的是「你是誰」、「你有多重要」、「你多麼厲害」和演講的主題無關。

▍禁忌 2. 自殺式

自殺式開場白指的是一開始就給自己洩氣，過分謙虛。

經常有一些企業主管、政府官員、演講大師們一上臺就開始自我洩氣：「今天演講太倉促了，我沒有做什麼準備，隨便講講吧，講得不好請大家原諒。」這種官腔令人倒盡胃口，聽眾會想：「你沒有做準備還演講什麼？不是耽誤我們的時間嗎？」

還有人喜歡過分謙虛：「我講的吧，只是我個人的看法和認識，不一定是對的，大家自己分辨對錯、根據具體情況運用。」這種謙虛的開場白並不會使聽眾對演講者產生好感，聽眾心裡反而會想：「你自己都不知道你講的對不對，

還有必要上臺講嗎？此外，你講的哪部分是對的，哪部分可
以聽呢？」

當演講者說完「我講的不一定是對的」之後，接著講正
文的時候，可以想像此時聽眾在幹什麼？他們不是在認真聽
講，而是在區分演講者說的內容究竟哪部分是對的。

演講者應該始終遵循這樣一個原則：「相信自己講的內容，
並把自己的自信帶給所有聽眾。如果你沒有把握，就不要講。」

■ 禁忌 3. 等待掌聲

有的演講者有這樣的壞毛病而不自知：他們每講一句
話，就毫無必要地停下，等著聽眾贊同他的意見，等待聽眾
在精彩處給予掌聲。

我要說：這是完全沒有必要的，它對你的演講毫無好
處，反而產生壞處。不管你的演講是否精彩，都不要企圖去
「要」掌聲，如果聽眾自願鼓掌那很好，但是鼓掌本身並不
代表什麼：也許聽眾只是出於禮貌。

最精彩的演講並不是全場聽眾都鼓掌的演講。有的演講
過程中，所有聽眾都鴉雀無聲，他們並不鼓掌，但是他們的
眼睛在發光、身體在前傾……這些肢體語言比鼓掌更能說明
演講的精彩。

等待掌聲也是一種演講者不夠專業、對演講內容不夠自
信的表現。

▌禁忌 4. 奉承別人

可以在演講的開始讚美聽眾，但是不要奉承別人。讚美和奉承的區別是什麼？

有人說：「奉承的起點是討好，行走的方式是誇飾，目的是利己。而讚美的基礎是喜愛，態度是真誠，重心是尊重。」

讚美會使聽眾感覺受重視和認可，而奉承的效果則有兩個壞處：要麼使聽眾感到噁心而輕視演說者，要麼使聽眾飄飄然沉浸在自滿的情緒之中。

在聽眾面前誇耀一小部分聽眾就更不可取了：演講者應該做到一視同仁、所有聽眾全都平等，專門在開場白對位高權重的聽眾進行奉承，只會引來大部分聽眾的反感，使他們感到：「今天真不該來聽他演講。」

▌禁忌 5. 以自我為中心

微演說的核心就是價值。你如何為別人提供價值？一個以自我為中心的人，絕不會成為一個好的演說者。

情商高的演講者通常不會犯這種錯誤，不要把演講的話題繞到自己身上，不管演講之前發生了什麼，不要闡述自己的感受和不便，也不要在演講一開始就給聽眾打預防針，給自己演講可能出現的失敗找藉口。

我曾經見過一個演講者剛剛登臺就說：「剛才我在後臺

等了半天了，說好的時間不是現在嘛。今天這個課程我本來
打算做企業內部培訓的，沒想到來了這麼多人，弄成公開
課⋯⋯」

　　他說到這裡的時候，幾乎所有的聽眾都開始東張西望
了。也許演講者的本意不是抱怨，他可能要表達「其實這個
培訓更適合人數少一點」、「看來我的演講大家都需要」，但
是他傳達的資訊是「這個演講一開始就是錯誤的」、「我不想
對你們這些人演講」。

　　另外還有以下內容也屬於「自我為中心」的錯誤：

　　「我今天要講的內容有一定難度，如果有的聽眾不能聽
懂是正常的⋯⋯」

　　「這臺投影儀以前總是出問題⋯⋯」

　　「我剛到這裡，今天天氣太熱了⋯⋯」

　　「哎呀，由於時間關係，我可能講不了太細緻⋯⋯」

▌禁忌 6. 引言過長

　　引言過長是演講者容易犯的另一個錯誤：開場白沒完沒
了，總是進入不了主題。面對這種情況的解決辦法是，精確
控制演講時間，把演講開場白的字數控制在 200 字之內。

▌禁忌 7. 自我熱身

　　不要在演講開始之後，再做多餘的小動作：揮舞手臂，
調整領帶，不斷用麥克風試音。這些自我熱身行為占據了演

講寶貴的開頭。如果你需要熱身，在上臺之前就熱身，上臺之後，你的時間就是聽眾的。

禁忌 8. 強迫回應「早安」

在開場時和聽眾互動是好的，但是互動要有意義，要和演講內容有關，無意義的互動應該免了，不要對聽眾說「大家早安啊」，然後停下來等待聽眾的回應，這對於演講來說是浪費時間。

禁忌 9. 道歉，說對不起

不要道歉，不要為今天的狀態不夠好、準備不夠周全或者其他原因道歉，它只會分散聽眾的注意力。

禁忌 10. 費盡口舌解釋緣由

有的演講者對演講沒有信心，就透過解釋演講的必要性來抓住聽眾的心，製造一種師出有名的感覺為自己造勢，這種費盡口舌解釋緣由的方法，並不會讓聽眾更重視演講，而只會使聽眾感到培訓師的心虛。

既然大家來到這裡聽你演講，你們的目的就是一致的，沒有必要解釋更多，只要你提供實在的內容，傳達有價值的資訊，就足夠使聽眾認同你、接受你的演講。

有效開場的 16 種策略

策略 1. 故事式開場

演講運用一個情節吸引人的故事開頭，吸引聽眾的注意力，並且將演講的主題思想融入故事，讓聽眾從故事中知道你這場演講的主題。

策略 2. 共憶式開場

以演講者和聽眾之間共同的回憶作為開場白。演講者將彼此共同的回憶娓娓道來，製造一種溫馨回憶的氣氛，而後引出主題。

策略 3. 例證式開場

列舉證據或者列舉數據：你可以向聽眾描述一個不尋常的場面，告訴聽眾一個讓人驚訝的數據，或者提出一個讓聽眾十分吃驚的問題。

策略 4. 名言式開場

演講開場使用一些名人警句，然後再加上與之相關的典故，演講就會更容易讓聽眾信服。借用名人言論能夠讓聽眾在短時間內認同你的觀點。

比如演講內容為時間的管理：「時光一去不復返，所以需要我們特別珍惜，岳飛的《滿江紅》曾說『三十年功塵與

土，八千里路雲和月，莫待閒，白了少年頭，空悲切。』古人深知時間的寶貴，所以如何管理時間就是一項非常重要的內容，現在我們就來一起學習如何去管理好我們的時間。」

比如講細節，成功學大師卡內基這樣說過：「一個不注意細節的人是不可能取得成功的。一個人的成功無法離開細節，所以我們今天一起來學習如何做好細節。」

▌策略 5. 親切慰問式開場

澳洲前總理陸克文（Kevin Michael Rudd）曾經在大學進行演講，他那次演講的內容可能大部分人已經忘記了，但是幾乎所有在場的人都記住了他的開場白。

陸克文運用了非常幽默詼諧的開場白：「女士們、先生們和學生們，為什麼你們現在沒有去上課而出現在這呢？需要完成的功課都做完了嗎？校長剛才對我說我的漢語非常好，我知道這是客氣話，實際上我的漢語非常糟糕。中國有句俗語，這句話用在我身上非常適合：這不怕，那不怕，就怕外國人說中國話。」

開場白僅用了幾十秒時間，但被無數人爭相轉載。一位澳洲總理運用流利的漢語說了開場白，讓現場的所有聽眾都感到非常親切，氣氛立刻熱烈起來。陸克文的開場白可稱作經典開場白。

▌策略 6. 提問式開場

以提問題的方式開場。例如，「演講之前我想先提出三個問題，這三個問題有助於你思考如何理財。第一個問題：你該如何賺錢？第二個問題：你該如何投資？第三個問題：小錢如何生大錢？」

▌策略 7. 懸疑式開場

好奇是人的天性，所以在開場白中加上一個懸念，能夠引起聽眾的好奇心，在後面的演講中適時解開懸念，讓聽眾的好奇心得到滿足，同時也使演講前後相關聯，首尾呼應。

《警戒青少年自殺率》的演講是這樣開場的：「我是一個由 7 個字母構成的單字。我破壞了友情、親情、鄰里之情、同學之情。我是當今青少年中最大的殺手。我是什麼？我並非酒類，也並非古柯鹼 —— 我的名字叫自殺。」

▌策略 8. 對象式開場

在演講的開始，使用和演講內容相關的道具，來使聽眾將注意力集中到道具和演講主題上。舉例：「我手裡拿的是一張 1,000 元大鈔，如果它在你的手上，你會如何使用呢？你可以用它去投資，當然金額可能有點小；也可以將它存進銀行，積少成多，到將來買更貴重的物品；或者直接花掉，雖然現在 1,000 元買不到什麼重要的東西，但如果將這 1,000 元捐贈出去，會讓這 1,000 元產生不一樣的價值。」

策略 9. 讚美式開場

每個人都希望自己得到讚美，你在開場時就讚美他人，也是一種可以短時間內拉近雙方距離的方法。

策略 10. 討論式開場

你可以提出一個同你演講主題相關的問題，透過討論、分析和議論的方式，讓聽眾投入你的開場白。

策略 11. 笑話式開場

在演講之前，如果能夠針對聽眾群體專門設計一個有趣的自我介紹，設計好笑點，當聽眾在笑點大聲笑出來之後，你會感到非常自在。

策略 12. 假想式開場

用假想式的方式開始演說。舉例：現在我們可以想像幾十年之後，你已經進入老年，你收到了一封裝有 20 萬美元的支票。這不是你買樂透得到的，而是在之前的幾十年少量投資所得到的回報，這時相信你高興的心情無以言表。

策略 13. 正話反說式開場

如果我們演講的主題是戒菸，那麼我們可以這樣開場：「朋友們，我們今天先來說一下吸菸的三個好處，首先，吸菸的人狗不敢咬；其次小偷不去吸菸的人家裡偷東西，吸菸

吸得越多，小偷越不去光顧；最後，吸菸的人永遠都年輕。」聽完演講者說的這三個好處之後，大部分聽眾都會很好奇：「為什麼吸菸有這些好處呢？」之後演講者再和聽眾慢慢解釋這三個好處的原因。

「第一，吸菸的人駝背居多，狗見到駝背的人會認為對方要拿石頭攻擊自己，所以狗一見到吸菸的人就會逃跑。第二，吸菸的人夜裡都會咳嗽，吸菸多的人咳嗽得更厲害，一晚上都不間斷，所以小偷夜晚不敢去吸菸人的家裡行竊。第三，吸菸的人壽命會縮短，所以吸菸的人不會變老，能夠一直年輕。」

這樣的開場讓聽眾首先感到十分不解和好奇，直到演講者對開場白加以解釋，聽眾了解之後恍然大悟，原來開場所說的吸菸三大好處其實是吸菸的三大壞處。

策略 14. 震撼式開場

如果你想在開場之後迅速抓住聽眾們的注意力，那麼在開場白中，你可以用一些震撼消息或者數據來開場。

一位進行交通安全宣傳的講師所用的開場白就讓聽眾為之震驚：「到今年底，在坐的人中會有一位因為交通事故被奪去生命，超過三個人會因此變成殘疾。」

還有一位以交通安全為主題演講的講師也用類似的開場白：「現場的各位朋友，就在今天晚上這場講座結束之後，

你們當中可能會有一個人無法安全地回到家。」

這時聽眾立刻會就此展開聯想：「為什麼有一個人無法安全回家？這個人會是我嗎？因為什麼原因呢？」演講者接著說道：「因為我們所在的城市交通事效率是 1 ／ 1,000，現場有近 1,000 人，所以我們當中有一個人今晚可能會出交通事故，但是，如果各位能夠認真聽完我的演講，並能夠牢記我所說的內容，那麼所有人都可以安全地回到家中。接下來我就和大家一起分享如何防止交通事故的發生。」

策略 15. 遊戲式

在演講的一開始和聽眾做一個小遊戲，激發聽眾參與的興趣。

策略 16. 事實式開場

以事實進行開場。比如，你說現在世界上還有 17 個國家依然有奴隸制度！很多人聽到之後都會很驚訝和好奇。現在世界上居然還有保留奴隸制的國家？這是哪 17 個國家？為什麼奴隸制一直沒有廢除呢？其他國家為什麼沒有去干涉呢？聽眾產生這些疑問之後，自然想要仔細聽接下來的演講，注意力被牢牢吸引住，想要知道剛才思考的問題答案。

點睛設計

畫龍點睛，演講的結尾就是龍的「眼睛」，如何點睛決定了整個演講的神韻。

完美的結尾能夠讓聽眾意猶未盡、餘音繞梁，鳳頭豹尾，結尾應當像豹尾一樣乾脆俐落、短小有力。

美國作家約翰·沃爾夫說：「最好的演講要在聽眾興趣盎然時戛然而止。」就是說演講要在整體達到高潮時截止，也是表明結尾要把演講推向高潮。最好的結尾或者出人意料，或者耐人尋味，都要能給聽眾帶來享受和滿足。結尾需要比演講的開頭和正文更有深度、更有力度。

結尾的作用

精彩的結尾有這樣的作用，如圖 2-4 所示。

圖 2-4 精彩結尾的作用

▌作用 1：表達感謝

結尾切忌草草結束，一聲不吭就下臺。在演講的結尾可以感謝參與者：可以是演講的主辦者、活動的組織者、工作人員，最重要的是現場聽眾。

最簡短的感謝語兩個字：「謝謝！」

用感謝結尾，適用大多數場合，也是應用最廣泛的一種演講結尾。

▌作用 2：號召行動

號召行動的結尾非常實用，它把演講的內容帶到現實之中。號召行動的結尾步驟有三：

1. 簡短描述事實；
2. 說明演講的目的；
3. 號召行動，說明好處或者闡明不這樣做的壞處。

許多電視節目常常採取這樣的結尾，《法眼黑與白》和

《臺灣社會檔案》常常是先說一個法制新聞，然後描述案情，分析利弊，最後呼籲聽眾行動。號召行動的重點不在於最後一步的號召上，而在對事實的描述上，因為聽眾有自己的判斷力。如果不把事實利弊描述清楚，聽眾是不會付諸行動的。

作用 3：總結演講

總結演講可以進一步加深聽眾的印象。不要高估聽眾的記憶力，也不要高估聽眾的總結能力，很多時候在演講完之後聽眾會忘記演講的重點，只記住其中的某個片段和細節，這時在結尾總結歸納演講的主題和重點就非常有必要了。

總結演講、回顧內容，可以在演講的最後把演講架構重複一遍，也可以用「三三法」重複第一、第二、第三，最後結尾。要注意的是，總結必須用詞精煉，完整概括內容和思想，才能造成內容突出、畫龍點睛的作用。

作用 4：昇華主題，把氣氛推向高潮

可以用展望前景的方式昇華主題，也可以用激動人心的宣誓昇華主題。昇華主題的目的是要把氣氛推向高潮。一位黑人演說家在進行《奴隸制就是戰爭本身》演講的結尾時，他慷慨激昂地說：「我們的事業在前進，它會遇到困難，會像太陽一樣，常常會被烏雲遮住，但是烏雲不會永遠遮住太陽！它終將被驅散！」他的比喻像是龍捲風一樣，把演講的氣氛推向頂峰，迸發了一種撼人心魄的力量。

作用 5：使人餘味悠長

餘味悠長的演講可以用詩詞結尾，也可以用名人名言結尾，或者對所有聽眾進行真誠的祝福。

有位婦女在競聘演說結束的時候，說：「我始終相信一句話：天地之間有桿秤，那秤砣是老百姓。我相信大家的選擇。」然後她鞠躬致謝，演講結束。

結尾的 10 個禁忌

禁忌 1. 虎頭蛇尾

演講結束詞要保持一定的力度，能夠和開頭相照應，將演講內容昇華一個層次，既要總結演講全部內容，又要將演講主題再次強調突出，讓聽眾感覺這是一個完整有序的演講。一些演講者在演講過程中沒有主題，東拉西扯，進入結尾時，對主題一語帶過，不做總結，匆忙結束演講，聽眾聽完之後一片迷茫，不知道演講的主題究竟是什麼。不用說，這一定不是一次成功的演講。

禁忌 2. 負面內容

一些演講者因為部分聽眾在演講過程中聽得不夠認真，就在結尾時故意含沙射影地諷刺幾句，將自己心中不滿的情緒發洩出來。這種作法是不可取的，這樣的結尾除了增加聽眾的反感，表現出自己缺乏道德修養之外，沒有其他實質作用。

禁忌 3. 結尾提問

提問應當在演講的開始和中間段進行，在結尾提問會分散聽眾的注意力，影響聽眾對演講主要內容的記憶。

禁忌 4. 私自延時

演講的結尾要短小精煉，簡潔明快，演講時間到了最好立刻停止。私自延時是演講的大忌。

禁忌 5. 拖泥帶水

演講結尾部分可以出乎意料，讓聽眾自己去思考，但不能拖泥帶水、畫蛇添足。一些演講者明明已經講到了結尾處，卻又喋喋不休地說了十幾分鐘，而且講的內容沒有什麼實質意義或者與前面內容完全重複，拖拖拉拉，勢必會讓聽眾產生厭惡。

禁忌 6. 等待誇獎

應該說不只是在結尾中不要等待誇獎，演講中的任何時間都不要等待誇獎：即使你等來了，也是聽眾不得不給的誇獎，對演講本身毫無意義。

禁忌 7. 還有很多要講

演講該結束時就要結束，總結陳詞時也不要說「還有很多要講……但是沒有時間了」，這會令人感覺到你的演講是倉促和不完整的。

■ 禁忌 8. 做作客套

有些演講者正常演講都不錯，但進入結尾時卻有失水準，落入俗套，過分的謙虛做作，讓聽眾心中產生反感，在演講過程中累積的好感也因為結尾頓時全無。比如「今天我的演講就到此結束了，原本今天我並沒有準備上臺發言，但是主持人一再邀請我上來，所以我就隨便上來講兩句，因為時間關係，我的水準也有限，也沒有提前準備好，演講內容可能有不對的地方，歡迎大家批評和指正。」這樣的結尾毫無意義，廢話連篇，非常庸俗，是演講的大忌。

■ 禁忌 9. 感謝個沒完

演講的結尾可以對聽眾和主辦方等進行感謝，但是感謝詞要簡潔，沒完沒了的感謝會令聽眾心生厭煩。

■ 禁忌 10. 結尾與演講主題脫節

選擇任何結尾方式，故事、詩歌、對聯、合唱，都要與主題相關。如果你演講的主題是尋找幸福，你選擇合唱結尾就可以選擇歌曲《幸福在哪裡》呼應主題，你選擇故事結尾就可以講一個關於幸福的小故事。不要使結尾和整個演講脫節。

精彩結尾的 16 種策略

▌策略 1. 感謝結尾

用感謝詞來結尾：「謝謝大家來聽我的演講，謝謝大家對我的支持與信任，謝謝！」這是最簡單也最通用的萬能結尾。

▌策略 2. 故事結尾

在演講的最後講述一個發人深省的故事與主題呼應，常常能造成很好的效果。故事帶給人的印象常常比簡單的敘述更深刻。

▌策略 3. 合唱結尾

唱一首和演講主題相關的歌，讓所有的聽眾一起合唱，可以把演講的氣氛推向和諧的高潮。

▌策略 4. 詩歌結尾

詩歌結尾，簡潔有力而回味餘長。

▌策略 5. 呼籲行動

以提出希望或呼籲行動的方式結尾。這種呼籲行動的結尾，由演講者使用慷慨激昂的語言，對聽眾的理智和情感進行雙重呼籲，目的是激起聽眾情感波濤和行動欲望，帶給聽眾一種蓬勃向上的精神。

策略 6. 未來景象

描述美好的未來景象，帶領聽眾展望未來，透過感性的語言和煽動性的情感使聽眾進入其中，產生強烈的共鳴。

策略 7. 呼應開場

以呼應開場的方式結尾。演講的開場白是演講的重要組成部分，是演講個性和特色的指標，如果演講者能夠在演講結束時呼應開場，再一次點題，就能產生一種疊加效應，加深聽眾對演講的印象。

策略 8. 名言名句

用名言名句結尾，可以引用名人名言、警句、諺語、格言等。名言式結尾不僅使語言表達得更精煉、生動，還能昇華演講的主題，特別具有啟發性和感染力。

策略 9. 總結結尾

總結式結尾適用於許多演講場合，演講者在演講結束時，對演講的內容進行簡單的總結，重新梳理內容，使聽眾的印象得到加強。

策略 10. 昇華提煉

這種結尾使用「變焦邏輯」，以小見大，把演講昇華到全新的高度。

▌策略 11. 幽默結尾

採取幽默風趣的語言結尾，可以為演講增添歡樂的氣氛，使演講變得更富有趣味，給聽者留下一個愉悅的印象，使聽眾在歡樂之中印象深刻，但不適用於一些較為莊重的演講場合。幽默結尾要求演講者本身很有幽默感，能把握笑點的尺寸，不引起反作用。

▌策略 12. 祝福結尾

誠摯的祝福本身就充滿了情感的力量。真誠的祝願最容易撩動聽眾的感情之弦，使聽眾和演講者之間產生和諧共鳴。

▌策略 13. 對聯結尾

對仗的句子同時具備簡潔美、工整美和韻律美，讀起來朗朗上口，也能展現演講者本身的個人魅力和文化修養。這也是我最喜歡的結尾方式之一。我為自己創造的對聯是「空談誤國、實幹興邦。踐行夢想，淨化靈魂」。事實上這樣的對聯不僅適用於我的演講課程，在很多演講場合都可以使用，不管你演講的題目是習慣、目標管理、還是行銷，實幹和踐行都是非常重要的。

▌策略 14. 驚人結尾

我在電影中看到的最驚人的演講結尾，就是電影《魔戒》裡面，哈比人過他的 100 歲生日，對著大家說「再

見」，然後套上魔戒，消失在眾人面前。所有人都傻眼了。我相信哈比人也會記住這個瞬間。

驚人的結尾可以給聽眾留下最深的印象。作家老舍在一次演講的開頭說：「今天我會跟大家談 6 個問題。」當 5 個問題講完後，他發現此時已經用了不少時間，到了該散會的時候，於是他一本正經地說：「第六，散會。」聽眾一開始都傻眼了，反應了一會才歡樂地鼓起掌來。

▌策略 15. 借景結尾

借景生情、借景言情，是中國詩詞常用的方法。這需要演講者具備隨機應變的能力。某次，在演講中，外面下起了瓢潑大雨，同時春雷滾滾，到了演講結束的時間，演講者靈機一動說：「我今天的演講就到這裡。此時外面春雷滾滾，正是我們的事業前進的先機，我們的事業也正和今天一樣，春雷滾滾，迎接春天。沒有人能阻止雷聲，正如沒有人能阻止我們開創自己的事業！」

▌策略 16. 啟發式

啟發式是指在演講的最後，用言語和動作使聽眾獲得某種啟發。用啟發式結束演講，可以給人耳目一新之感。比如，某次演講中，演講者在演講正題《果斷是一種品格》時，正當聽眾聽得意猶未盡的時候，他走到舞臺的另外一邊，眾目睽睽之下他穿上了自己的外套，戴好帽子，最後

說：「我已經結束了我的演講，你們呢？」之後頭也不回地
離開了。他的這個出人意料的舉動使全場掌聲雷動，同時使
聽眾受到了如何果斷行動的啟發。

微演講工具：開場、結尾應用表格

開場應用表格（如表 2-11 所示）

表 2-11 開場應用表格

	序號	開場方式	解讀	你的設計
開場白	1	故事式	講一個故事開場	
	2	共憶式	掀起共同的回憶	
	3	例證式	以案例開場	
	4	名言式	以名言開場	
	5	慰問式	親切慰問聽眾	
	6	提問式	問一個問題	
	7	懸疑式	引起聽眾的好奇	
	8	物件式	以道具開場	
	9	讚美式	讚美聽眾	
	10	討論式	討論一個問題	
	11	笑話式	講一個笑話	
	12	假想式	設想一種情況	
	13	正話反說式	推翻一種觀念	
	14	震撼式	引起聽眾的震撼	
	15	遊戲式	玩一個遊戲	
	16	事實式	開門見山	

結尾應用表格（如表 2-12 所示）

表 2-12 結尾應用表格

	序號	開場方式	解讀	你的設計
結尾	1	感謝結尾	感謝聽眾/主辦方等等	
	2	故事結尾	講一個和主題有關的故事	
	3	合唱結尾	合唱一首歌	
	4	詩歌結尾	念和主題相關的詩	
	5	呼籲結尾	在結尾呼籲行動	
	6	未來景象	設想未來景象	
	7	呼應開場	結尾呼應開場白	
	8	名言名句	以名言結尾	
	9	總結結尾	總結演講內容	
	10	昇華提煉	昇華演講的主題	
	11	幽默結尾	幽默/講笑話	
	12	祝福結尾	祝福大家	
	13	對聯結尾式	設計好的與主題相關的對聯	
	14	驚人結尾	引起聽眾的震撼	
	15	借景結尾	借景發揮	
	16	啟發式結尾	在結尾帶給聽眾某種啟發	

內容速記方法

　　演講設計的最後一步是記憶，記不住演講內容，你如何呈現它呢？內容速記有 4 種方法。

1. 關聯法

　　關聯法，顧名思義，就是把演講內容中的每個小節、每個段落的重點內容用幾個詞彙歸納出來，這些詞彙可以使你聯想起你要講的內容，然後重點背誦這幾個詞彙，就能記下整篇演講內容。

　　假如你希望談論一連串的主題，而這些主題之間彼此又不連貫，很難記住，如牛、雪茄、拿破崙、房子、宗教。我們看看是不是可以用下面可笑的句子把他們連線起來：老牛抽著一根雪茄，用牛角抵住拿破崙，房子被宗教教徒點燃。

　　現在，請你用手遮住上面的句子，然後回答下面的問題：剛才舉例所說的第三項要點是什麼？第五點呢？第四點呢？第一點呢？這個方法有效嗎？經驗告訴我確實有效，既然有效，就趕緊採用吧！

提醒：任何多主題話題都可以運用這樣的方式進行串聯，並且用以串聯的句子越是可笑，就越容易記憶。

2. 名片法

對於那些長而具有難度的句子，如果不方便記憶，可以把它寫在名片大小的紙上。比如古文、論文中的技術術語和數據，用關聯法記憶的效果不好，尤其是數據，需要大量而精確的數據時，就可以寫在小小的名片上，然後在演講時唸誦。

名片法可以在演講中少量使用，當你需要引用大量的數據時，拿個小小的紙片照唸並不丟人，但是如果從頭到尾都照著紙稿唸就不行了。

3. 重複法

重複法，就是不斷閱讀、熟悉自己的演講稿。書讀百遍，其義自見。而演講稿也需要透過不斷重複來熟悉和記憶。頭兩遍可以粗讀，第三遍開始精讀，一個字一個字地細細體悟，最後重點記憶疑難段落。

4. 螢幕法

　　把自己的演講做成 PPT，投射在螢幕上，在 PPT 中歸納、發布重點內容。這是現代演講中最常用也最好用的記憶方法，還能增強演講的視聽效果。

微演說工具：微演說內容速記表格

　　提供一個微演說內容速記表格，如表 2-13 所示。

表 2-13 速記表格

結構	演講脈絡：關鍵句/詞彙/案例/數據		備註
開頭			
演講正文	觀點1		
	觀點2		
	觀點3		
	觀點4		
結尾			

第 3 章

微演說呈現：讓你的演說引爆全場

精巧的設計後，就該完美呈現了，每個微演說的大師都是設計和呈現的大家，使用的內容、文字、聲音、肢體、技巧匯聚在一起，才會引爆每一個聽眾心中的火焰，如圖 3-1 所示。

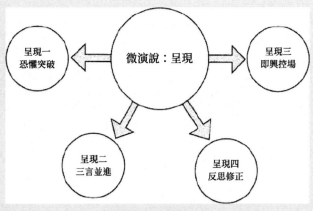

圖 3-1 微演說呈現

呈現一：突破恐懼

突破演講的恐懼，是微演說呈現的第一步。每個人都有
或多或少的演講恐懼，這個恐懼可能來自於沒有經驗，也可
能來自於過去失敗的記憶。恐懼演講是一個惡性循環，要突
破這個循環，只有找出恐懼演講的原因，然後對症下藥。

你會陷入恐懼演講的惡性循環嗎？

恐懼演講，是人人都有的心理狀態，美國的心理學家
曾經做過一次調查，調查的內容是「人們恐懼的究竟是什
麼？」

參與調查的人數有 3,000 人，竟然有超過 1,200 人選擇
了最恐懼的事情是「當眾演講」，令人吃驚的是，恐懼當眾
演講的人數遠遠超過了恐懼死亡的人數。

難道人們對演講的恐懼真的如此之嚴重，竟然超越了死
亡嗎？

恐怕不是如此，只是相比遙不可及的死亡，演講顯得更

接近我們的生活，任何人都可能會面臨當眾演講的情況。

事實上，對於演講的恐懼，是一種心理學上的惡性循環，如圖 3-2 所示。

你越是恐懼，想要表達出來的想法就越少。

想要表達的想法越少，能實現表達出的想法就越少。

能夠實現表達的想法越少，就越是恐懼。

回到第一條。

圖 3-2 恐懼演講的惡性循環

要應對恐懼，實現恐懼突破，首先要找出恐懼演講的原因，然後對症下藥。

恐懼演講的 9 個原因

■ 原因 1：不自信

不自信是恐懼演講的首要原因，幾乎也是所有恐懼的根源。不自信源於對自我的不認可，當自以為人們不認可自己的能力時，就會失去當眾演講的自信。

根據心理學家的研究，大多數人的不自信是從童年開始的，如果童年時沒有建立足夠的成功經驗，尤其是當眾講話的經驗，就會把當眾沉默的習慣帶到成年。

從小我們就被教導：要安靜，多做事少講話，尤其在大庭廣眾之下，為了不打擾別人，父母常常勒令我們：保持安靜，不要講話，不要打擾別人。

久而久之，保持緘默就成了習慣。再讓我們當眾講話，就會覺得困難。所以我們成年之後，會對當眾講話毫無自信，感到恐懼。

■ 原因 2：無經驗

經驗的缺乏是恐懼當眾演講的第二大原因，沒有經驗意味著面臨全新的領域。

「恐懼往往源於未知和不確定」。尤其是很多第一次登臺演講的人，他對演講的結果是未知的，演講的經驗也沒有，當然會感到焦慮和恐懼。

如果你有了足夠的經驗，並且進行過專業的演說訓練，你就會發現：當眾演講並不困難，相反只要你付出努力就能做到，而且它也不是一種痛苦，只要你願意，演講可以是一種享受。

原因 3：失敗的經歷

有一項關於演講恐懼的調查顯示，人們對公眾演講的恐懼，70%都受到了過去失敗經歷的影響。

這種尷尬的回憶相信所有人都不願意有第二次，所以想到過去，就會對公眾演講充滿了恐懼和焦慮感。

原因 4：放不下

放不下的原因可能是因為害怕出醜，或者害怕自己得不到良好的評價。

是什麼原因導致我們十分害怕別人對自己的低評價呢？對於評價感到焦慮的人，往往是對自己某些方面沒有足夠的信心，有自卑心理，比如擔心自己長相不夠好看，聲音不夠好聽。對於他們來說，當眾演講等同於要將自己自卑的方面展現給公眾，所以對此感到十分焦慮。

原因 5：準備不充分

對演講內容的準備充分程度也會影響恐懼的程度。如果演講前的準備不夠充分，那麼上臺演講時就會有所擔心，影響自己的發揮。

此外，對場地的不熟悉，也會加重這種恐懼。

原因 6：完美主義

恐懼也可能來自於追求完美。完美主義的人通常對自己要求非常苛刻，想要周圍所有的人都能夠讚美自己，希望所有的人都欣賞自己的演講，認為這樣自己的演講才能算是成功的。因為很多人，從小會被家長教育只有滿分才是好的，99 分是不夠的。

原因 7：聽眾人數

所要面對的聽眾人數也會影響心態。過多或過少的聽眾，都會對演講者的呈現產生影響。

聽眾對演講主題所持的觀點和看法也會影響演講心態。如果你提前知道了聽你演講的聽眾與你的觀點一致，那麼你演講起來就會感到非常有信心；如果你所面對的聽眾所持的觀點正和你相反，你演講時面對著懷疑的眼神，肯定會感覺非常不自在。

原因 8：陌生的聽眾

聽眾的熟悉程度當然會影響演講的心態！

如果臺下的聽眾已經面對過很多次了，那麼你在他們面前就會感覺放鬆得多；如果臺下都是陌生聽眾，演講者就會對自己的表現十分在意。

▌原因 9：有「高人」

聽眾的身分地位常常會給演講者帶來恐懼。如果自己演講的聽眾身分都是比較重要的，比如企業老總、面試官等，很多人就會感到緊張。即使一些經常在公眾場合演講的人，在面對國家元首演講時也經常會感到惶恐，十分小心。

而如果聽眾換為幼稚園的小朋友就沒有什麼顧慮了，焦慮感也會大大降低。

應對恐懼的 3 個關鍵

▌關鍵 1：建立自信

第一步，要建立自信，首先要面對恐懼。

建立自信並不難，首先你要面對恐懼：必須認識到，恐懼本身是有益的！你並不需要對抗恐懼，因為恐懼證明你有表達自己的願望。人只有無所謂的時候才不會感到恐懼，但是無所謂的態度也意味著消極。

第二步，你要調整自己不合理的期望。

你是否希望自己得到所有人的認同？很明顯這是不可能的。

你要做的，不過是學會讓不認同你的聽眾，不出現在你的期望裡。

▌關鍵 2：充分準備

恐懼並不難突破，演講前進行充分的準備，對演講過程積極地進行思考。

練習，練習，再練習。

成功的演講是需要不斷練習的。

▌關鍵 3：邁出你的腳步，離開自己的舒適空間

何謂舒適空間？當人的神經系統習以為常於某些人、事、物後，便會產生「舒適空間」，而改變，就會變成非舒適空間。對於人們來說，當眾演講可能是不習慣的，所以它不屬於你的舒適空間。

舒適空間和理想願景之間，就是恐懼地帶，如圖 3-3 所示。

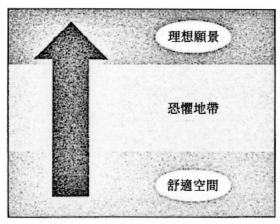

圖 3-3 恐懼地帶

但是沒有一個成功領域是不需要離開舒適區就能達到的。

待在舒適空間裡，將會阻礙你的成功。

你要相信，自己已經準備好了，完全可以迎接挑戰，現在就離開你的舒適空間，走過恐懼地帶吧！

王者之聲：克服恐懼的 14 種方法

人們常常會以為只有普通人才會恐懼演講，而那些位高權重、從小受貴族教育、被所有人崇拜的人……他們不會有演講的恐懼。

其實並非如此，電影《王者之聲》就是講述關於國王是如何對抗演講恐懼的故事，它由真實歷史改編。

電影裡有大量應對演講恐懼的辦法，但是電影畢竟是電影，要學習應對恐懼，下面給出 14 個專業的辦法。

方法 1. 心理暗示法

在即將上臺之前，你可以在心裡鼓勵自己說：「我喜歡演講，我喜歡同其他人分享自己想法的感覺，我天生就是個演講者。」

方法 2. 專注於要講的內容

專注於你要講的內容！其中最重要的，專注於你的開場白，在開始的 60 秒就抓住聽眾的注意力：引起他們的興趣。可以談論你演講的內容和他們的關係，或者直接說出一些令他們感到吃驚的事實。

方法 3. 轉移注意法

對演講有焦慮感的人，經常會把注意力集中在自己的身上，不斷在想聽眾會對自己產生什麼樣的看法，這樣做會導致你越來越緊張。

其實，你完全可以將注意力轉移到其他方面。比如將注意力放到臺下的聽眾身上，試著去了解他們是什麼人，心中在想些什麼，這樣做你就會感到輕鬆許多。比如去觀察場地，思考自己的走位，思考自己該如何呈現出想要的效果，等等。

方法 4. 親密互動法

保持和聽眾親密的互動有助於消除內心的恐懼，互動意味著彼此的認同和熟悉。上臺之後，同臺下聽眾保持眼神交流，確保所有人都能感覺到和你的眼神有連線，沒有人被遺忘。

方法 5. 壓力轉換法

壓力轉換法是我個人感覺非常有意思的一個辦法，嘗試發問，點任意的聽眾來回答，在他們回答的過程中，你可以

思考，鎮靜心情，這個時候你就把自己的壓力轉換到聽眾身上了，這很有用！

方法 6. 故事填補法

當你對演講感到恐慌，不知道如何開始，或者演講突然中斷時，不必強迫自己馬上進入話題，你可以用故事填補這段緊張的時間，然後在講故事的過程中調整自己的狀態。

方法 7. 呼吸調整法

如果上臺演講前感到十分害怕，那可以在上臺前做幾個深呼吸，讓整個身體放鬆下來，心情也隨之平靜下來。通用的呼吸法則是 1:4:2 呼吸法，先深吸一口氣，然後憋住 4 秒，再用 2 秒鐘的時間把它吐出 —— 重複做幾次，你會很快回歸冷靜。

方法 8. 指令確認法

每次演講前，我會詢問自己：你準備好了嗎？

然後我自己回應確認：是的，我完全準備好了！

指令確認法就像是要啟動一個程式，一臺機器：你確認嗎？ —— 是的，我確認！然後伴隨一個確認的動作，演講就可以開始了！

方法 9. 自我放鬆法

每個人都有一些獨特放鬆自我的方法，如揉揉自己的手指和肩膀，聽一首自己最喜歡的激情洋溢的歌曲。你能夠做

到，放鬆自我，然後迎接挑戰。

方法 10. 利用「意象」法

你完全可以將聽眾都想像成一顆顆大南瓜，安靜地在原地聽你的演講。這麼一想你自己可能會笑出來，緊張恐懼感就會煙消雲散。這個方法對於那些極度恐懼演講的人非常有效。

方法 11. 準備提示法

在演講之前將演講大綱寫在卡片上，拿在手裡，當演講中忘了接下來要說什麼時可以掃兩眼卡片。這樣做有備無患，心裡也會放鬆很多。

方法 12. 救場臺詞法

如果演講過程出現了意外情況，忘記演講詞了怎麼辦？對於這種情況你可以事先準備好面對這種情況時的臺詞，比如詢問聽眾：關於這個主題，你們的看法是什麼？

這和我們在聽演唱會時，歌手忘詞，往往都會把話筒朝向觀眾，讓他們唱，是一樣的道理。

方法 13. 改變發聲法

正確的方法是：用丹田中的氣息來發音，並且將自己的喉嚨放開，這樣發音即使長時間說話喉嚨也不會感到難受。

我做培訓時間經常長達幾個小時，用這種方法，連續講幾個小時喉嚨也不會疼痛。

▋方法 14. 超量練習法

超量練習法是克服恐懼的最後一個辦法，同時也是最立竿見影的方法！臺上一分鐘，臺下十年功。

如果你要進行 20 分鐘的演講，只準備 2 個小時，你肯定會很緊張，如果你花了 1 天的時間準備練習呢？我相信這時你已經擁有了自信。

如果你花了 2 周的時間，細緻、認真地準備練習呢？

我相信你登臺時的恐懼肯定大大減少了，因為你已經做了足夠的準備和練習！

相信自己，yes，you can ！

這麼多條要點看上去很複雜，但不用去擔心！你可以選擇其中的幾條作為克服恐懼的重點方法，然後不斷地練習，多多演練，增加自己的經驗，相信自己，告訴自己：我可以，我能行！

微演說工具：演講前的 7 項檢查

在演講前你應當提前到達會場，然後利用以下表格進行演講前的檢查，如表 3-1 所示。

表 3-1 演講前的檢查內容

	檢查對象	主要檢查內容	確認
場地檢查	場景環境	檢查周圍是否有噪音干擾 講臺位置 進場路線 座位安排	
	燈光	燈光設備是否完好 提前適應燈光	
	麥克風	麥克風是否完好 調整好麥克風音量	
	輔助影音設備	投影機儀器情況 確保自己會操作 確定相關操作人員	
自我檢查	形象檢查	檢查自己的衣著 檢查自己的臉部和髮型 檢查自己的背後	
	演講內容	確定演講資料是否帶齊（表格、演講稿、卡片） 再次確定演講開始時間和結束時間	
	狀態檢查	檢查自己的聲音狀態 注意自己的身體狀態 檢查自己的情緒狀態	

呈現二：三言並進

呈現的三個維度：語氣態勢、故事編譯、即興控場。三個維度決定你能否引爆全場。

演講中，你的影響力有7%來源於文字語言，38%來源於有聲語言，55%來源於形體語言。文字語言只占7%，但卻常常是許多演講者唯一的重點，一個人如果只是在唸稿子的話，演講當然不會好，只有文字語言，沒有語聲語調的技巧也沒有形體語言去吸引人，演講的效果怎麼會好呢？

完美的演說呈現，一定是三言並進的：文字、肢體動作、聲音語言，三者共同呈現時，你才能做出最完美的演說。

文字語言 —— 三語鼎立：表述語、提神語、說服語

7%的文字語言是演講的基礎，只有先將這7%做好，你才有可能做到100%。一篇成功的演講稿包含三個文字要素，換言之，它應當由三種文字語言組成，形成文字修辭的三語鼎立，那就是：表述語、提神語、說服語，如圖3-4所示。

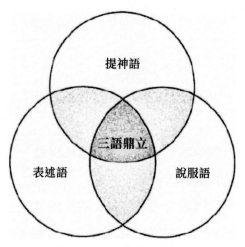

圖 3-4 文字語言的三語鼎立

表述語的作用是陳述事實、拋出事實、陳述現狀。

提神語的作用在於鼓勵、激勵、喚起情感、刺激神經。

說服語的作用在於說服聽眾，喚起行動和認同。

說服語和提神語的區別在於，提神語著重情感，而說服語著重道理、喚起行動。

一篇成功的演說，表述語、提神語、說服語三者缺一不可。

在戰爭片中，敵人對掃蕩了主角的根據地，情況非常嚴峻，主角群需要對士兵們進行戰前動員，目的是鼓舞士氣，使大家同心協力突出重圍。

主角 A：同志們，大家都知道了！敵人掃蕩了我們的根據地，這次掃蕩不比以往情況，可能會更糟糕！

我要說的，只有一句！天下沒有打不破的包圍圈！

對我們獨立團來說，老子就不把它當做突圍戰！當成什麼？當成進攻！向我們正面的敵人發起進攻！

大家有膽量沒有？記住，全團哪怕只有一個人，也要繼續進攻！死，也要死在衝鋒的路上！如果有誰怕了，我可以給他機會，讓他脫掉軍裝，交出武器，和老百姓一起轉移！有沒有？（眾士兵：沒有！）

好，都是有種的漢子！

把刺刀給我磨利，把子彈給我推上槍膛！把手榴彈的插梢給我拔開了！想消滅獨立團，他們還缺付好牙口！時間緊迫，我就不多說了，下面請主角 B 做戰前動員！

主角 B：同志們，我說的也不多，我只想告訴你們，入冬以來，敵人在中部地區進行了殘酷的大掃蕩，中部各區部隊和敵人進行了激烈戰鬥。同時，敵人向東南、西北地區也進行了掃蕩！敵人在這個區域形成了一張巨大的包圍圈，想一口吃掉我們！

我不想隱瞞，必須把真實情況告訴你們：我們將面臨著一場前所未有的血戰，戰鬥將極為殘酷。

我們當中，會有很多的同志犧牲。

我要說的是，不管有再大的犧牲，這都是我們必須承受的代價，因為我們是軍人，我們肩負著守土抗敵的使命和責任。

我們不犧牲，難道還要犧牲我們的父老鄉親嗎？（眾士兵：不能！）

同志們，儘管敵眾我寡，實力懸殊，但是我們勇於和敵人以命相搏！殺開一條血路！狹路相逢勇者勝，我們要殺出獨立團的精神！

敵眾我寡，形勢不容樂觀。主角們分別進行了動員，兩個人的動員詞合起來是一篇完整的演講稿。

在動員過程中，主角 A 首先拋出事實，然後依次交叉使用表述語描述事實和提神語鼓舞大家，極高地提高了士兵的士氣。

而光是這樣還不夠，輪到主角 B 說話時，他先是使用表述語進一步描繪了現狀的殘酷性，之後他使用了主角 A 前面沒有使用過的說服語來說服大家 —— 這個說服語是非常重要的，沒有說服語，整個演講的效果就大打折扣了。

如果說提神語的作用是鼓舞士氣，鼓舞大家的情感，那麼說服語的作用就是在理智上讓大家知道必須這樣做：沒有別的路可以走 —— 我們不打仗，難道還要老百姓打仗嗎？

在一篇演講中，表述語、提神語、說服語的使用是水到渠成的。

但是一般來說，表述語應該在最前面，闡述事實，之後是提神語，激發情感，最後是說服語，喚起行動。

中間可以穿插著使用，但是大致順序是這樣的。

在企業中，這類情況非常常見。一位企業老總鼓舞員工的士氣時，他是這樣說的：

大家都知道了，三個月我們業績下滑了30%。（表述語，講事實）

但是我對我們有信心！（提神語，鼓勵）

我們是最好的團隊！有最優秀的技術人員和最優秀的銷售人員！（提神語）

讓我們一起共度難關！這個難關只是一時的，只要我們同心協力，持續向前就能把業績再次提升上來（說服語）！

這短短的演講中就包含了表述語、提神語和說服語。從文字修辭上看，這篇簡短的動員演講是非常成功的。

文字修辭 —— 故事編譯

故事的力量 —— 同頻共鳴

是什麼決定了你的演說是否具備說服力？

為什麼同樣一個觀點，有的人講出我們會反對，有的人講出我們會同意？

如何使你的說服力增強？你該如何促使聽眾信服你的演說然後產生行動？

我們先來看一個說服力矩陣，如圖 3-5 所示。

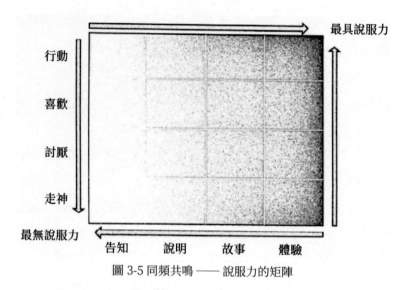

圖 3-5 同頻共鳴 —— 說服力的矩陣

說服力擁有一個矩陣，依次決定演講說服力的是告之、說明、故事、體驗。

▶聽眾的反應：走神＜討厭＜喜歡＜行動

說服力越強，聽眾的反應也就越強：沒有說服力的演講，聽眾會走神。

比走神好一點是產生反感，對於演講者來說，反感比走神強，因為反感說明聽眾還有反應。

比反感好一些的是喜歡，聽眾喜歡你說的，但是未必產生行動。

當聽眾受到極具說服力的感召時，他才會產生行動。

▶說服力：告之＜說明＜故事＜體驗

告之，是「我來告訴你一個道理」；說明，則是具體說明這個道理；故事，講一個關於這個道理的故事；體驗，則是讓聽眾自己感受。

比方說，你有一個一歲的孩子，很喜歡玩熱水瓶，你需要教育他不能玩熱水瓶，依次採取告之、說明、故事、體驗的方式。

如果你直接對孩子說熱水瓶不能摸，這是最沒有說服力的，你一轉身肯定發現孩子又在玩熱水瓶。

對於告之，人們的邏輯是：憑什麼聽你的？

如果你對孩子解釋說明，具體說：你不能摸熱水瓶，因為很危險，你會燙到。這個比上面直接告之不能摸要好一點，但是說服力仍然不是很強。

對於解釋說明，人們的邏輯是：最好不要這麼做……不過也許會沒事呢。

如果你願意給孩子講一個故事，說服力會更強點。比如：「從前有個小孩，特別喜歡玩熱水瓶，他的爸爸媽媽幾次對他說你不能玩，他不聽。有一天他又在偷偷玩熱水瓶，結果被熱水燙到了，這個孩子疼得大哭，最後手上留了疤，以後這個孩子再也不玩熱水瓶了。」

對於故事，人們的邏輯通常是：既然故事中的人會被燙到，那麼我也會。所以故事的說服力要強於解釋和告之。

對於解釋和故事，人們也許會相信，但是常常抱有僥倖心理。

那麼說服力最強的是什麼？是體驗。當你把孩子叫到跟前，拿一個小碗盛一點熱水，然後輕輕地讓小孩的手指觸控一下，這就是體驗。孩子被燙了一下，以後肯定再也不會摸熱水瓶了。

對於體驗，人們的邏輯是：一朝被蛇咬，十年怕井繩。體驗的說服力要遠遠超過故事。

在演講之中，受到演講方式的限制，我們最常使用的方式就是告之、說明、故事，有的情況 —— 比如產品發布會，你可以邀請部分聽眾來體驗你的產品。

但是，同樣的手段（告之、說明、故事、故事），由不同的演講者做出，產生的說服力大小會不同，這是由演講者本身的說服力決定的 ——

那麼，聽眾是如何界定演講者的說服力？換句話說，是什麼決定了聽眾能夠被你說服？

❑ 當聽眾感覺到你具備很高的可信度時；

❑ 當你的論點、論據說服了聽眾時；

❑ 當你的推理過程說服了聽眾時；

❑ 當聽眾的情感被你（的思想和語言）打動時。

要增強你的說服力，有以下幾個重點。

▶ **重點 1. 相對專業的演講者具備更高的可信度，聽眾更容易被說服**

我們可以透過做兩個小測試來了解可信度的來源。

題目 1. 以下兩個描述中，你覺得哪個更具備可信度？

描述 1. 郎咸平：中國的經濟發展正趨向於放緩，中國經濟放緩將成為常態。（著名經濟學家）

描述 2. 莫言：中國的經濟正進入高速發展時期。（諾貝爾文學獎得主）

題目 2. 以下兩個描述中，選取你覺得更具備可信度的：

描述 1. 莫言：生活經驗簡單肯定會對「七年級生」初期寫作構成障礙，需要進入更複雜的社會環境裡，進入更廣闊的生活裡。（諾貝爾文學獎得主）

描述 2. 郎咸平：生活經驗簡單不會影響「七年級生」的寫作，寫作只要發揮想像力和感受力就足夠了。（著名經濟學家）

兩個問題，我相信大多數人都會選擇描述 1：因為人們會相信專業人士的判斷，郎咸平身為著名經濟學家，對經濟的看法肯定具備發言權；而諾貝爾文學家得主莫言，也當然具備對寫作的發言權。這就是專業度帶來的可信度。

心理學把身分帶來的可信度叫做「來源可信度」。如果聽眾主觀認為演講者可信，那麼演講者所說的內容就會被信任。比如評估某個航線是否安全時，人們往往會採納航空業專家的意見，而不是航空公司老闆的意見，因為聽眾往往會認為後者會為了利益而有所偏向。

▶重點 2. 表達越堅定、流暢的演講者越具備可信度

　　演講者的可信度受到他表達方式的影響：如果演講者表達起來流暢堅定，用詞精準，接受他意見的聽眾就會越多；與之相反，結結巴巴的演講者會受到質疑。因此在演講中應盡量去除任何不必要的詞，摒棄所有的習慣用語，比如「然後、然後」，寧可停頓也不用無關的語氣詞去填空。

▶重點 3. 利用具體的證據增強演講者的說服力

　　如果你希望你的演講具備說服力，那你必須用證據來支撐它，尤其是那些有爭議性的內容，你必須拿出切實的統計數據和案例。當今社會是一個資訊發達的時代，各種資訊你都可以引用。如果能告訴聽眾你資訊的出處，能夠讓聽眾更加信服你，所以多引用參考數據，讓它增加你的說服力。

▶重點 4. 信任和鼓勵是喚起共鳴的最好手段

　　先舉一個例子。

　　一位被安排擔後段班班導師的老師在新學期開始的第一天對全班學生說：

　　「我知道其他班級有些人說我們是放牛班，但我不這麼認為。從體育考試的成績來看，我們班級遠遠領先於其他班級，是標準的優秀班級！」

　　老師的短短幾句話就讓班上同學心中長期的低落自卑情緒一掃而光，快速樹立起了自信心。他的幾句話為什麼會產

生這麼大的效果呢？因為學生們從他的話中感受到了信任和鼓勵。還有很重要的一點就是，在擔任這個班級班導師第一天時，這位老師就將自己也看做這個「後段班」的一分子。老師短短話語當中使用了兩次「我們班級」，這讓同學們的心中感受到了久違的溫暖，產生了非常大的鼓舞作用，這就是透過心理接觸和感情共鳴所產生的巨大效果。

陌生人或者有牴觸心理的兩人之間，想要一開始就產生共鳴是比較困難的，所以必須先要引起對方和你溝通交談的興趣，透過談話讓彼此都對對方有進一步的了解。當你試圖將某人說服或者需要他人幫助的時候，都可以使用這種方法。你可以先從對方感興趣的話題聊起，不要太早將自己的意圖暴露出來，當對方慢慢對你有了進一步的了解，並認同你的一些想法之後，你再去嘗試說服或者請求，這樣就容易成功得多了。

▶ **重點 5. 論述越充分的演講越容易說服聽眾**

尤其是說服型的演講，你要說服董事會變革、說服員工認同企業的文化和願景、說服供應商加盟、說服顧客立即購買、說服選民投出選票 —— 你都要給他們足夠的理由。如果你想說服別人不做什麼，你也要充分說明不這樣做的理由。

充分的含義是從各個角度論述。比如，在歐巴馬與馬侃（John Sidney McCain III）共同競爭選舉時，歐巴馬論述馬侃所謂的「改革」是假改革。他從各個角度給出了充足的論述：「馬侃可以炫耀自己在過去如何堅持己見而不唯黨命是

從，但這次總統競選他並沒有大打『堅持己見』牌。」

「當過去一年馬侃在參議院 95%的議題上，選擇與布希站在一起的時候，這並不是改革；當馬侃宣稱將延續布希失敗的經濟政策時，這也不是改革；當馬侃承諾延續美國在伊拉克的政策時，這還不是改革。所以，我認為，描述馬侃試圖掩蓋自己擁護布希政策的行為，可以有很多說法，比如『兩黨合作』或者『新穎』，但無論如何，肯定不是『改革』。」

「改革意味著我們的外交政策不能始於也不能終於一場不應該發動的戰爭；改革意味著我們要意識到解決當今的威脅不能只靠武力，還要靠外交，堅定而直接的外交；改革意味著我們的經濟不能只獎勵富人和他們的財富，還要獎勵普通人和他們的辛苦工作，正是他們創造了那些財富……」

歐巴馬論述「馬侃並不支持改革」的論據是：

❑ 政治上不是改革：馬侃在參議員 95%的議題上選擇和布希同一陣線；

❑ 經濟上不是改革：馬侃宣稱將延續布希失敗的經濟政策；

❑ 軍事上不是改革：馬侃承諾美國繼續在伊拉克的政策。

那麼什麼是改革？歐巴馬的政治主張才是改革：

❑ 軍事上：把「伊拉克戰爭」定義為「不應該發動的戰爭」；

❑ 政治上：解決威脅不靠武力，而靠直接而堅定的外交；

❑ 經濟上：不僅獎勵富人，還獎勵普通人。

透過對彼此政治主張的充分論述，一方面歐巴馬完美地證明馬侃所謂的改革只是「掩蓋行為」，另一方面歐巴馬論述了自己的政治主張才是真正的改革，有利於美國的改革。在歐巴馬對政治、軍事、經濟進行全面的論述之下，馬侃的防線顯得不堪一擊。

美國總統林肯曾經說過：演講就是講故事，能透過故事來說明觀點的演講才是好演講。

在演講中，我們常常需要運用故事來闡述自己的主張，抒發自己的情意。運用故事，不僅可以充實演講內容，使演講的主題變得更深刻，還能增強表達效果，激發出聽眾情感的強烈共鳴。

▌故事的十大作用

- ❏ 號召行動
- ❏ 化解矛盾
- ❏ 說服他人
- ❏ 贏得信任
- ❏ 傳遞價值
- ❏ 寄託夢想
- ❏ 分享資訊
- ❏ 平息流言
- ❏ 激勵人心
- ❏ 魅力倍增

此外，故事要能表達出你要講的內容：故事的核心重點要和你的演講重點相契合。

什麼時候需要講故事？

當你需要加深聽眾對演講內容的理解的時候。

當你需要突出重點的時候。

當你需要抒發感情、塑造感情的時候。

故事創編的 5W1H 法則

好故事需要好的創編，故事創編需要遵循 5W1H 法則，如圖 3-6 所示。

5W1H —— When、Where、Who、What、Why、How —— 什麼時候在哪裡誰發生了什麼，以及這一切是怎麼發生的。

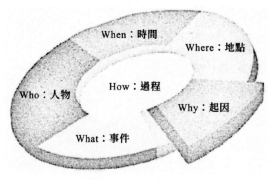

圖 3-6 5W1H 法則

只有具體到時間、地點、人物、事情細節、過程的故事才是好故事——最重要的是，細節完善的故事才會令聽眾如同親眼所見，具備可信度。

1952 年，共和黨競選人艾森豪（Dwight David Eisenhower）正在競選美國總統，年輕的參議員尼克森（Richard Milhous Nixon）身為艾森豪的搭檔，為了競選四處奔波。但是，《紐約時報》突然報導醜聞：尼克森在總統競選的過程中祕密受賄，醜聞的爆發速度驚人，給共和黨以及艾森豪的競選帶來了極為不利的影響，選舉陷入了困境。

共和黨花費數萬美元進行了一場發布會，使尼克森能夠有機會透過 64 家電視臺、700 多家播音電臺向全美國的選民做一次時長半小時的公開演講宣告。

這次演講事關重大，能否脫離泥潭、澄清事實，成敗在此一舉了。而在他進入錄音室之前，又一個不妙的訊息傳來：他的高階助選顧問決定要離開他。這意味著艾森豪和共和黨一起拋棄了尼克森。

那麼，尼克森是如何力挽狂瀾的呢？他選擇了先詳細公布自己的財產和負債，把自己的帳單細節都公之於眾（這是極為罕見、幾乎是絕無僅有的舉動），然後尼克森做了一個決定他演講成敗的關鍵舉措——他講了一個具體的故事來打動選民的心：

「我還要說的是，我的妻子帕特（Thelma Catherine "Pat"

Ryan Nixon），她沒有貂皮大衣……還有一件事要告訴你們，在獲得競選的提名之後，我們確實收到了一件禮物：德克薩斯州有一個人，在聽收音機的時候聽到了帕特說，我們的兩個孩子非常想要一隻小狗做寵物，於是就在我們競選旅行出發的第一天，透過巴爾的摩市的聯邦車站送來了一隻西班牙長耳小狗，這隻小狗帶有黑白兩色的斑點，我 6 歲的小女兒西婭非常喜歡這隻小狗，還給牠起名叫切克爾斯。現在我僅僅說明這一點，不管別人說什麼，我們都會把牠留下來。」尼克森故事中的 5W1H 如表 3-3 所示。

表 3-3 尼克森故事中的 5W1H

尼克森故事中的5W1H	
When（時間）	就在我們競選旅行出發的第一天
Where（地點）	透過巴爾的摩市的聯邦車站
Who（人物）	德克薩斯州的一個人
What（事件）	送來了一隻狗
Why（為什麼）	因為在收音機裡聽到帕特說尼克森的孩子想要小狗
How（怎麼發生的）	女兒很喜歡，還取了名字，不管別人怎麼說都要留下來

　　尼克森的這個小故事可謂時間、地點、人物、事件、起因、過程俱全，使得這個故事聽起來這麼真實可信又這麼可愛。如果尼克森只是說「我們接受的唯一禮物就是一條狗」，這樣乾巴巴、毫無細節的描述能夠打動選民嗎？顯然不能。

　　正是這個簡單又細節明確的故事打動了無數選民的心。

這次演講獲得了巨大的反響，當他邁出錄音室時，他聽到都是選民的歡呼聲，那些著名的共和黨派人士紛紛發來賀電，全美有數百萬計的選民打來了電話、電報，還有人寄來了支持的信件。

5W1H 法則具體應用

每個要素都需要闡述明確

創編故事要包括 6 個要素：何時、何地、何人、何事、何因以及過程何故，只有每一個故事都包括這 6 項內容才能算是表達清楚。

事件是如何發生的，細節需要非常清楚：要繪聲繪色、細節清晰。要能帶動聽眾和你一起進入故事的情境，這樣才能引起聽眾的心理共鳴。故事細節越清晰，聽上去就越真實，聽眾就越能理解你說的內容，在心理上認同你。

不要拘泥於故事的原型

演講的時候需要發揮，就是說並不必拘泥於故事的原型：如果時間不夠你可以壓縮它，也可以根據情況拉長它，隨機應變地發揮。在不同的演講場合中，故事可以有不同的細節和長短。

少解釋，多描述

解釋性的語言很容易使聯想力豐富的員工走神，轉移演講的重點。在描述你有恐高症時你可以說「當我站在高樓上向下望時，看到那螞蟻般的人群，我開始雙腿發抖」，而不要說「因為這棟樓太高了，所以我站在上面雙腿發抖起來」。

你可以說「那天的天氣十分悶熱，我只穿背心短褲就下樓了」，而不要說「因為天氣太悶熱了，所以我只穿了背心短褲」。

加入人物的情感

一個故事的靈魂在於情感，任何缺乏主角內心描述的故事都缺乏生氣，在尼克森講的「受賄故事」裡，他的情感就是 —— 不管你們怎麼說，我們也不會送出小狗的。這一心理顯得頗具人情味。

你在講故事時，也要注意運用情感去演繹。有一些特定的演講，比如汶川地震的事蹟報告演講，儘管上臺演講的人並不是專業的演講者，但是他們演講的內容卻感動了每個人，使無數聽眾落淚，正是因為他們的演講裡包含了深沉悲傷的感情。

企業領導者離不開的 6 個故事

你將如何說服人們跟隨你改革？將如何促成彼此的合作？將如何平息散布的謠言？如何傳達出你的價值觀？你如何帶領他人共同邁向未來？

故事本身就是說服力，沒有說服力的領導孤掌難鳴。

■ 問題 1：什麼時候需要講故事？

講故事的合適時間如圖 3-7 所示。

什麼時候需要
講故事？

詮釋文化時……

解決問題時……

教導員工時……

推動變革時……

制定戰略時……

圖 3-7 什麼時候需要講故事

▶詮釋文化時 ——

　　文化故事一般要傳達的思想是：你希望企業的精神是什麼樣的？你希望大家如何看待企業？賈伯斯帶領他的團隊時，在黑板上寫下「讓我們來海盜吧」，他的團隊也是海盜軍團 —— 經典的「反派海盜故事」中蘊含的打拚、勵志精神正和賈伯斯的創新方向不謀而合。當你詮釋公司文化時，你需要一個故事，來引導員工。

▶解決問題時 ——

　　企業領導者解決內部問題時並不需要靠硬碰硬，解決問題有多種手段，可以透過故事來展現。比如，博弈故事可以解決利益糾紛問題，公關故事可以解決公關危機，團結故事可以解決員工內部矛盾。

▶教導員工時 ——

　　如果你想要員工具備執行力，單靠說「你要提高執行力」可不是個好辦法，你得讓員工自己明白這一點，而且最好透過故事使他們明白。教導員工時使用故事是很好的方法。

▶推動變革時 ——

　　人們討厭改變、害怕變革，企業內部也是如此。但是人們喜歡聽故事，你需要推動變革時，可以講個不破不立的故

事，要麼關於不變革之後死亡，要麼關於變革之後大家都過上了幸福的生活。

▶**制定策略時 ──**

企業的成功是 30％的策略加 70％的執行，但是如果策略方向錯誤，執行越快，反而會加速企業的死亡。策略故事是關於「我們該如何行動」，透過故事告訴大家我們行動的方向。

■ 問題 2：什麼樣的故事吸引人？

❑ 自己的故事

❑ 員工的故事

❑ 客戶的故事

❑ 名人的故事

❑ 家人的故事

❑ 寓言的故事

■ 問題 3：企業領導者應該掌握什麼樣的故事？

領導者必須學會的 6 個故事。

▶**角色故事：我是誰？**

角色故事可以是「我是誰」，也可以是「我們是誰」。

第一種故事是「我是誰」。領導者透過講述自己的人生

經歷和成功經驗，用「我行那麼你們也能行」的方式來激勵
聽者，激發員工的積極性。許多創業公司的老闆都非常喜歡
這樣的故事，當時公司的文化還沒有完全形成，「我們的故
事」還不夠豐富和感人，我是誰的故事會更加有效。

▶**使命故事：我為什麼存在？**

使命故事能帶給員工異乎尋常的使命感，不要小看這個
使命感的激勵作用：《把信送給加西亞》是世界第二暢銷的
書，書中所描述的正是一個典型的使命故事。

接到任務，然後沒有任何藉口地完成，便是我們的使命。

▶**願景故事：我們要去哪裡？**

願景故事的核心是「我們要去哪裡」。願景就是描述、
解釋企業未來的願景：我們要做些什麼、我們將會是什麼樣
子的。願景故事勾勒出現實和理想的差距，會激發員工的熱
情去實際行動起來實現願景。

▶**價值觀故事：我們依照什麼行動？**

還有一類價值觀故事，講述我們行動做事的法則，目的
是讓員工承擔起自己的責任。比如說，當企業需要主管承擔
起「管理者的責任」時，有這樣一個故事可以參考：

一群猴子生活在一起，有一天，猴王出去了，淘氣的小
猴子們把鄰居家的一棵果樹上的果子全偷跑了，還把樹枝扯

得稀巴爛。猴叔發現後，問誰幹的，誰都不承認。不久之後猴王回來了，猴王大怒：到底是誰做的？

小猴子們都默不言語，猴叔挺身而出，說是我允許大家這麼做的，請處罰我吧。

小猴子們被感動了，牠們愧疚地向猴王承認是自己做的。

這個故事告訴我們：要勇於承擔主管責任，勇於承擔下屬錯誤的主管是稱職的主管。做稱職的主管，是主管的責任。這就是一個典型的價值觀故事。

還有一類故事，通常是悲劇，但是卻充滿了英雄主義、一種獻身和犧牲精神。花旗銀行的故事就是如此：越戰時期，花旗銀行的李歐登（John Riordon）不顧公司放棄救援的指令，一心救助自己的同事：他冒充當地一名職員的配偶，10 次往返於美軍機場和西貢，一共幫助了 105 名花旗銀行的同事逃出越南。這個偉大的傳奇故事包含了自我犧牲、團結、團隊精神、博愛等多種要素，至今仍被花旗銀行引為驕傲，作為花旗銀行團隊培訓時的必講故事，成為花旗銀行團隊精神的象徵。

▶ **變革故事：為什麼要變革？**

變革故事：如果你期望員工支持你的變革，你就得給出一個理由，這個理由最好有說服力 —— 故事是有說服力的。

1990 年代中期，有一位領導者就需要這樣的故事，他

是世界第四大輪胎公司、德國大陸集團的 CEO 赫伯特·格萊柏，當前公司的現狀是必須變革：如果公司想要繼續生存下去，就得尋找新的核心競爭力，過去公司致力於輪胎製造並始終如一，現在情況變了，如果他們沒有新的核心能力，公司會喪失競爭力，此外國內的市場已經不夠了，必須尋求海外的發展——這意味著大陸公司不能夠再持續發展了。

他深深知道要說服員工是多麼難，首先他要取得公司菁英員工們的支持——沒有他們的支持，一切都是紙上談兵。

他選擇了講故事，他先是邀請這批核心員工來參加公司的領導力課程，然後給他們講了一個故事：在未來，大陸集團將怎樣在激烈競爭的行業中變革成功。

之後赫伯特·格萊柏說，過去大陸集團擁有驕矜自傲的文化傳統，但是大陸集團到了必須改變的時候，是時候用更寬廣的思路去迎接變革、尋找新的合作夥伴了。繼續承襲大陸集團過去的傳統和行為，只會使它變得舉步維艱，這會變成阻礙大陸集團變革成功的最大絆腳石。

在故事中他們領悟到變革勢在必行，於是這些核心員工成為了這場變革的主要推動者，他們組成新的專案團隊，接洽新的跨國供應商、技術支持商，並且與其他的輪胎製造商建立了新的合作模式。這些共同構成了大陸集團在全球競爭中獲勝的關鍵。

▶動員故事：為什麼要在當下行動？

號召行動故事：你也可以透過講故事的方法來號召行動。所有的知識都要落實到實踐，所有的想法也需要行動，演講最難的不是傳達知識，而是真正帶動聽眾行動起來。

動員人們行動時，我常常會講這樣一個故事：

朋友們，我的演講就要結束了，在結束前我想和大家分享一個故事：在一個村莊裡，住著一位老者，這個老人非常有智慧，以至於村裡人有不懂的事情全去請教他。後來有一天有一個非常淘氣的小男孩，爬上樹在鳥窩裡找到一隻小鳥，去和老人開玩笑。他把握著小鳥的手藏在背後，說：爺爺，既然你這麼有智慧，你能猜到我手裡的小鳥是死是活嗎？

老人聽完後，立刻就知道小男孩的心思了：兩個答案都是錯的，如果回答死的，小男孩就會把手放開，小鳥當然是活的；如果老人回答活的，那麼小鳥被小男孩一捏，當然就是死的了。

老人對小男孩說：孩子，小鳥是死是活，答案並不在心裡，而在你的手裡。

我和大家分享了這麼多內容，真正使它產生效用的答案並不在我的心裡，而在你們的手裡。

此外，我們該如何行動？

選擇什麼樣的市場？如何部署我們的人員？如何占領市場？這都是策略故事要能帶給聽眾的。

故事演繹 —— 講故事不如演故事

問題：聽眾在演講結束之後究竟會記得什麼？

聽眾永遠也不會記得你講得有多好，他只會記得自己濃濃的情感體驗。

如何講好一個故事是一門學問，更是一門藝術。講故事的人要將自己當作事件的經歷者，從聲音、表情、語氣、動作等各個方面去講這個故事，並帶領臺下聽眾進入這個故事，讓聽眾覺得就像自己親眼看見事件的發生一般。

演繹故事非常考驗演講者呈現能力的技術：演講者不是演員，但是好的演講者能夠做到和演員一樣，把故事活靈活現地演繹。

演繹故事的三大技術一畫面重現、原音再現、情感再現，如圖 3-88 所示。

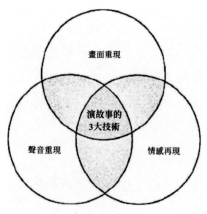

圖 3-8 三大技術決定演說效果

演繹故事的三大技術正好符合行為學對人類三種行為方式的喜好的界定，也是我前面在「微演說工具：不同類型人的傾聽偏好表格」中提到的：

❑ 第一種視覺型，喜歡運用視覺來感知 —— 所以你需要用畫面去打動他；

❑ 第二種聽覺型，需要用聽覺來認知 —— 所以你要用聲音的重現去感動他；

❑ 第三種感覺型，必須用感受去感知 —— 所以你要用情感觸動他。

畫面重現

畫面重現：要重現出你所講故事的畫面。

如果你是公司的經理，要在例會上表揚工程師，最近他在趕一個重大專案，工作兢兢業業，常常加班到半夜。

按照你平時的說話方式，你可能會說：

我們的工程師，最近工作兢兢業業，常常很晚才回家。有天我晚上次公司找東西，發現工程師還在加班，一開始還嚇我一跳。工程師走的時候還記得檢查門窗。這就是敬業啊。

這樣表述可以，但是缺乏畫面感，顯得乾巴巴的。如果你要重現那個畫面，你可以這樣說：

「我們的工程師為了公司工作，兢兢業業，尤其這幾天

常常加班到晚上 12 點半。這週一晚上，我想起來隔天我要
出差，還有一個很重要的檔案落在辦公室了，我就在 12 點
多來到公司，那時候我以為人都走光了，但是從樓下看 ——
咦？我們公司的燈還亮著（視覺），還不是全亮 —— 只亮了
一半，就是工程部的燈亮著，我感覺挺奇怪，是不是遭小偷
了？（大家可能就笑了）。我想著去看看吧。於是我在公司
門口還抄了枝掃把（視覺），我進去一看，工程師一個人低
著頭伏在案子上，還穿著襯衫（視覺），後面看襯衫有點皺
了，看見襯衫我就放心了，沒有小偷穿襯衫來偷東西的吧。
我再往前走走，原來是工程師在那趕工製圖呢。離開的時候
我跟他一起走的，他在走之前，還一間辦公室、一間辦公室
地檢查電源跟門窗（視覺） —— 這就是敬業啊。」

　　這樣表述的時候，你故事中的每個視覺元素都會使聽眾
產生想像。越有畫面感的故事，越能使聽眾身臨其境。

▌聲音重現

　　演故事的第二個技術就是聲音重現：演講者語氣、語調
要能展現出每句話當時的真情實感，回到故事發生時最原始
的狀態。隨著故事情節的發展而變化，忌平鋪直敘。

　　千迴百轉的故事也需要千迴百轉的語氣，如果在談到喜
悅的事情時你的聲音卻聽不出來喜悅來，在談到令人遺憾的
事情時，你的聲音仍然不動聲色，又怎麼能打動聽眾？

聲音要能傳達出故事中蘊含的情感。

聲音重現需要注意以下幾點：

❑ 口語化，過於書面的語言不具備生活語言的特點。

❑ 掌握好聲音和語氣，聲音應和當時的情感和情緒相結合。

❑ 聲音要進入相應的情境：小孩說話有小孩的聲音，老人說話有老人的語調，聲音重現要極力貼近原聲。

❑ 使用擬聲詞描繪當時天氣、情境、動物的叫聲，等等。

情感再現：讓他和你一起體驗

如果把演講中的故事重現比喻成電影，那麼情感再現就是演講中的特寫鏡頭：它不專注於描述故事，而是專注於挖掘故事中人物的內心。如果說聲音再現追求的是真實再現聲音，那麼情感再現追求的就是細緻表現情感。

故事演繹中最能打動聽眾心的部分，也是情感再現 —— 情感再現，能夠讓聽眾的心隨著故事主角的心情起伏不定。一個影響不了自己的人，是影響不了別人的。

歌唱選秀節目中，參賽者在反思自己的歌曲演繹時，都會談到「這首歌我的感情融入得好不好」，你需要自己先進入那個情感，再傳達給聽眾。

演講歸根究柢的呈現，仍然是感性的。前面我們講的細分聽眾、謀篇布局，都是演講的理性範疇，但是故事的呈現需要感性。

在電影《刺激 1,995》中，摩根弗里曼扮演的黑人老人瑞德在 1927 年年輕時犯下殺人罪，被判終身監禁，1947 年主角安迪進入了肖申克監獄，到瑞德真正假釋出獄時，他已經坐了 40 多年的牢 —— 這 40 多年，瑞德申請過無數次的假釋都以失敗告終。

電影中一共表現過 3 次他申請假釋的過程，前兩次他的態度都很誠懇，但是都被駁回 —— 最後一次的假釋他成功了，分析這三次假釋，你會發現，最後一次申請成功的關鍵在於他在其中加入了自己的情感，進行了情感的再現。

第一次：

假釋官：你被判終身監禁，已經 20 年了，你改過自新了嗎？

瑞德：是的，先生，完全。我的意思是，我已經得到了教訓。我可以誠實地說，我完全地改過了。我不會危害社會了。上帝作證。

第二次：

假釋官：你被判終身監禁，現在已經過了 30 年，你覺得自己改過自新了嗎？

瑞德：是的，我改過了。我真的已經變好了，我已經完全洗心革面了。我不會危害社會，上帝可以作證 —— 完全洗心革面了。

第三次：

假釋官：瑞德，你被判終身監禁，現在已經 40 年了，你改過自新了嗎？

瑞德：改過自新？讓我想想看：我不太知道「改過自新」的含義。

假釋官：就是你是不是準備好重返社會了。

瑞德：這我懂，年輕人。這個詞對我來說只是個虛詞，政府的官方詞彙。使你們這些穿西服打領帶的人有事可以做罷了。你到底想要了解什麼？我是不是後悔犯罪？

假釋官：那麼，你後悔嗎？

瑞德：無時無刻，我不對自己的罪行感到內疚嗎？這不是因為我現在在這裡（監獄裡），也不是因為我需要這麼做（來使你們批准）。我回首我走過的彎路，回想那時候年輕、愚蠢地犯下了嚴重的罪行的孩子 —— 我想對他說話，我想要把我現在的感受告訴他，告訴他那時還有其他的方式（除了殺人）去解決問題，但是我不能了。那個年輕人已經消失在歲月的長河中，只剩下我垂垂老矣，孤獨地面對過去。我是否已經改過自新？那都是胡扯……小子，別再浪費我的時間，我對你說實話吧，我完全不在乎了！

我們仔細地分析下這三段演說中情感的區別，如表 3-5 所示。

表 3-5 瑞德演說的情感分析

申請	瑞德的演說	此時瑞德的情緒	演說表現的情感
第一次	是的，我改過了，我真的已經變好了，我已經完全洗心革面了。我不會危害社會，上帝可以作證——完全洗心革面了	急切，迫切地希望得到批准	沒有任何自己的情感，全是官方說法
結果	失敗：申請被駁回		
第二次	是的，先生，完全。我的意思是，我已經得到了教訓。我可以誠實地說，我完全地改過了。我不會危害社會了。上帝作證。	比 10 年前要平靜：態度更加平靜也更加不抱希望	強調了兩次完全地改過了，但是仍然沒有具體情感的描述和再現
結果	失敗：申請被駁回		
第三次	無時無刻，我不對自己的罪行感到內疚嗎？這不是因為我現在在這裡（監獄裡）也不是因為我需要這麼做（來使你們批准）。我回首我走過的彎路，回想那時候年輕、愚蠢地犯下了嚴重的罪行的孩子——我想對他說話，我想要把我現在的感受告訴他，告訴他那時還有其他的方式（除了殺人）去解決問題，但是我不能了。那個年輕人已經消失在歲月的長河中，只剩下我垂垂老矣，孤獨地面對過去。我是否已經改過自新？那都是胡扯……小子，別再浪費我的時間，我對你說實話吧，我完全不在乎了！	態度更加平和，對假釋是否被批准已經完全不在乎了，此時的瑞德已經坐牢 40 年，是否改過自新已經不再是他關注的焦點，他的焦點轉為內心的懺悔和對付出 40 年代價的痛苦	充滿了情感的再現：無時無刻不感到內疚，回首走過的彎路，既對年少無知的自己感到悔過，又為漫長的歲月留下的孤獨感到痛苦，這種深沉的情感完全表露在他的話語中
結果	成功：申請被批准		

　　情感再現在於「進入」你表達的場景中，然後在故事中切入人物的內心。在你練習講故事的時候，要養成一個習慣：深入故事主角的內心，揣測他們的情感，然後找出角度把它們釋放。

　　一個真正能發揮效用、能構建領導力的故事，至少包含 5 個關鍵要素。

　　要素 1：故事背景和企業現狀相吻合。故事要符合當前情境，和企業現狀面臨的挑戰或困境相結合。

　　要素 2：故事中的角色要與聽眾的角色相吻合。比如，對普通員工講國王怎樣成功的故事是不合適的；《給加西亞的信》這類執行力故事不是給企業的董事長聽的。

　　要素 3：故事要生動，富有激情，千萬不能採取彙報、說教式的故事展示方式，在呈現故事時，應當使它真實、生動、富有激情。

　　要素 4：具備啟發作用。故事應當具備很高的學習價值，能夠激勵聽眾做出行動，直到改變現狀。故事可以是全面啟發如何行動的指南，也可以只是描述了一個正確的積極有效的價值觀。但是最好的故事永遠同時兼具兩者：既能使組織了解到現狀的方向，同時又能激起聽眾對組織的認同。

　　要素 5：故事要具備一定戲劇性。一個有戲劇性的故事才能吸引聽眾的注意力。

舉個例子：某天我在看一本書，我的朋友很好奇，要求我概括一下書的內容。

我說：從前有個人，他死了，是被人害死的。

朋友說：這有什麼好看的……

我說：但是這個人死之後，靈魂再度復活，肉體重生，他要回來報復害死他的人。

朋友說：然後呢？

這就是戲劇性，只有讓人追問「然後呢？」迫不及待地想知道下文的故事才是好故事。主角一定要面臨一定的逆境，一定要有激烈的戲劇衝突。

無論你在企業中處於何等層級，只要你願意，你都可以做領導者，可以透過你的故事影響他人、影響變革、行使你的領導力。

有聲語言 —— 語氣的基本法則與發聲

▌語氣法則 —— 變調

同樣一句話，有的人講出來很有影響力，有的人講出來就平平淡淡，關鍵在於氣息的控制和聲音的運用：首先要知道如何控氣，之後要學會運用自己的聲音。

▶ **關鍵 1. 氣息控制**

運氣、運氣！運氣的核心在於氣。有氣，就具備了精神狀態、影響力。

如何運氣？如何控制氣息？

吸氣法則：嗅花式吸氣。

心有猛虎，輕嗅薔薇。你需要慢慢地深長地吸，腹部吸氣，氣沉丹田。你觀察小孩子，小孩子哭的時候聲音都是很大的，能哭很久，因為他用腹部吸氣。

吐氣法則：牙齒吐氣。

吐氣的時候是牙齒吐氣，你要感覺到氣經過牙齒，不要經過嗓子，不要讓氣摩擦嗓子。這是持續的過程。

▶ **關鍵 2. 運用語氣的變化表達疑問、敘述和指令**

語氣態勢有一個要訣，這個要訣就是變調，如表 3-6 所示。

表 3-6 語氣變化表達的情感

語氣變化	聲音的高低	表達出的情感
語氣上	高音	疑問
語氣中	中音	敘述
語氣下	低音	指令

演講有一個聲音弧線，無論你演講的過程中一句話的走向是怎麼樣的，最後的音一定是低音：低音代表了確定。

演講中的變調很重要：一個人的演講狀態好並不一定聲音大，聲音大也不代表能量足。如果你演講從頭到尾聲音一

直很大，那麼你的演講等於毫無重點。

一個始終保持高音演講的人，會使聽眾感到非常累，因為全程都是高潮等於沒有高潮，反而令人疲倦。而一個全程低音演講的人，則使人昏昏欲睡。

▶關鍵 3. 變換音調和語氣達到抑揚頓挫的效果

在演講中，熟練使用語氣上、語氣中、語氣下，高音、低音，能造成使演講抑揚頓挫的效果。即使是一字不差的演講詞，由不同演講水準的演講者呈現出，效果也絕不一樣。剛剛開始演講的人往往不會利用自己的語氣和音調，但是透過有意的練習可以達到良好的效果。

透過一句話可以做變調練習，比如說「我實在是受夠了」這句話，如果要求你能表現出憤怒的情緒，你一定要表現出有力、沉重、強調的語氣；如果是開玩笑呢，那麼這句話一定要表達出輕鬆愉快的語氣；如果是失望地說，那麼就表達出沉重失望、不願意再多說的語氣。

同樣一句話，「我實在是受夠了」有多種表達方式，做這種練習有助於提高你的聲音水準。

▶關鍵 4. 用語氣語調表達情感

仔細聽你的演講練習錄音，分析你說話的音量、頻率、音調與你當時所在的環境是否相符；你的聲音是否充滿熱情，還是如同背書一般死板？

聽錄音有助於你了解並改進自己的發聲。

透過詩詞練習掌握臺詞中的情感

詩詞的表現在於氣的表現。你自己要找到情感的抒發方式，理解它的情感，然後用自己的方式把它表達出來。

找兩種詩詞訓練：第一，磅礡的詩詞，豪放詞，練習放的情感；第二，婉約的詩詞，婉約詞，練習收的情感。

第一種詞的代表是《沁園春·雪》：

北國風光，千里冰封，萬里雪飄。

望長城內外，唯餘莽莽；大河上下，頓失滔滔。

山舞銀蛇，原馳蠟像，欲與天公試比高。

須晴日，看紅裝素裹，分外妖嬈。

江山如此多嬌，引無數英雄競折腰。

惜秦皇漢武，略輸文采；唐宗宋祖，稍遜風騷。

一代天驕，成吉思汗，只識彎弓射大雕。

俱往矣，數風流人物，還看今朝。

第二種婉約詞，可以練習《聲聲慢》：

尋尋覓覓，冷冷清清，悽悽慘慘戚戚。乍暖還寒時候，最難將息，兩盞三杯淡酒，怎敵他、晚來風急？雁過也，正傷心，卻是舊時相識。滿地黃花堆積，憔悴損，如今有誰堪摘？守著窗兒，獨自怎生得黑？梧桐更兼細雨，到黃昏、點點滴滴。這次第，怎一個、愁字了得？

▶關鍵 5. 注意去除演講中的囉嗦詞

很多演講者在演講中會帶有一些習慣性的詞語，這些詞語並沒有任何意義，比如「嗯」、「啊」、「你知道」等詞語。多去練習，制定出計畫讓自己擺脫這些無意義的習慣性詞語。

語氣法則 —— 抓重點

一篇演講只有一個重點，這個重點可以是：對聽眾的好處，對聽眾的利益，對聽眾的價值。

一句話也只有一個重點。我有一次看記者採訪，採訪表演藝術家濮存昕先生，濮存昕說：好的演員，一句臺詞之中只有一個重點。

這個重點可以是肯定，可以是疑問，可以是試探。如果重點錯誤，那麼演講就是錯誤的。

請你試著讀下面的句子：

我沒說他偷了我的車。

第一次你要讀出的意思是：

我沒說，是我的律師說的。

第二次你要讀出的意思是：

我不是說「偷」，我說「借」。

第三次你要讀出的意思是：

我沒說，但我寫信給新聞記者。

第四次你要讀出的意思是：

我說的是他叫他的司機偷的。

第五次你要讀出的意思是：

那不是我的車，是我朋友的車。

第六次你要讀出的意思是：

我是說他偷的是我的信任。

語氣法則 —— 停頓

會演講就會停頓。

我的演講風格很明確：乾脆俐落，說話快。但是我該慢的時候就慢，該停頓的時候我就停頓。

會演講並不是要滔滔不絕、妙語連珠地說個不停。如果你不停地說，那麼你的演講就像一場雨一樣下個不停：雨頗有催眠的作用，因為它聲音單調、毫無變化，也沒有波瀾。

缺乏停頓的演講是一潭死水

演講如果缺乏停頓就是一潭死水：停頓能夠使演講層次分明，使演講中的重點突出，使演講迸發出強烈的情感，營造獨特的氣氛 —— 停頓幾乎是無所不能的。

不要害怕停頓，當你停頓的時候，也不要在中間穿插

無意義的詞：把「嗯」、「啊」、「唔」、「這個嘛」全都去掉——它們是最影響演講效果的渣滓。

停頓是演講的偉大祕密

美國總統林肯深諳此道，他演講時常常在設計好的地方停頓：當他說到重點內容，並且希望聽眾能夠對此印象深刻時，他就停頓；當他希望聽眾跟隨自己的感情走時，他也運用這一技巧。據說林肯在談話中也時常運用這個技巧，他會身體前傾，然後直視對方的眼睛，這個直視會持續一分鐘之久，而這期間他什麼也不會說，但是他的談話對象內心已經波瀾四起。

突如其來的停頓的震撼力等同於突如其來的嘈雜聲——它能完全地吸引聽眾的注意力，使人們警戒，繼而注意演講者下一秒要說什麼。

把握停頓的時機

▶ 1. 構思時停頓

當你臨時決定在演講中插入一個故事時，可以在構思的時候稍微停頓一下，但是停頓的時間不要太長。

「……（停頓），事情是這個樣子的：……」

▶ 2. 等待聽眾理解時停頓

如果你講了一個稍微複雜的內容，需要聽眾理解消化時，可以在一個比較複雜的地方停頓一下，給聽眾理解消化的時間。

▶ **3. 斷句時停頓**

停頓能夠造成斷句的作用：逗號略短、句號略長，換段就更長一點。確保停頓的時間長短符合演講詞的斷句。

▶ **4. 表示立場前停頓**

演講中常有「先說事實、再說立場」的情況，當事實拋出後，需要停頓一下，然後再說明立場。

▶ **5. 使演講有餘韻時停頓**

這時的停頓能造成餘韻的效果，相當於文字修辭中的省略號。

「漸漸地，他失去了呼吸……」

▶ **6. 使聽眾了解重點時停頓**

停頓具備強調的作用，在演講中停頓時等於告訴了聽眾：請注意，這就是重點。恰到好處的停頓比任何言語強調更能表達出「重點」的意思。

但停頓的時間最好不要超過 10 秒鐘。

▶ **7. 表達情感時停頓**

如果你想表達出此時此刻蘊含在內心的激情，就可以透過停頓之後再抒發情感的方式 —— 停頓不僅僅是聲音的靜止，更是無聲的心靈之語，情感的停頓常常需要配合肢體語

言：林肯在表達深沉的憂慮之情時合攏雙手，這就是肢體語言的配合。

表達不同的情感配合不同的肢體動作：或低頭沉思，或雙拳交握，或雙目凝視，或皺眉沉思，或深深嘆息⋯⋯

配合肢體動作的要訣：動作要小，要自然。

▶8. 製造氣氛時應停頓

停頓可以營造氣氛，可以是歡樂的氣氛也可以是恐怖的氣氛。恐怖故事大師張震就非常善於用停頓製造氣氛。

「停頓」擁有無窮的魅力，擁有內在的威力，只有會運用停頓技巧的演講，才是真正的「活」的演講。停頓是無言的藝術，但是它卻比任何語言更直達人心。

保護聲帶的五大策略

■ 策略 1. 採取正確的發音方式

呼吸：以腹式呼吸。

發聲：注意保持發聲習慣，放鬆嗓子的肌肉，不要高音量講話。

頻率：以最適合自己的頻率說話。適當的停頓可以幫助聲帶休息。

麥克風：使用麥克風可以使你講話更輕鬆。

見機休息：安排互動、提問、聽眾發言，不僅是為了增強和聽眾的互動，還可以讓演講者的聲帶休息。通常連續演講 15 ～ 20 分鐘就需要休息幾分鐘，在需要休息的時候安排提問和解答。

▌策略 2：飲食調整保護聲帶

宜：多喝水，飲食清淡，多吃保護聲帶的食物。菸酒適度。

忌：辛辣、油膩食物。

▌策略 3：使用輔助裝置分擔聲帶的壓力

PPT、影片等多媒體手段可以幫助你豐富演講，還可以帶給演講良好的節奏。

▌策略 4：保持良好的身體狀態

如果常常熬夜，聲音也會受到影響。保持身體的健康也是確保喉嚨健康的策略。

▌策略 5：透過有意的鍛鍊使聲帶變好

有的人在臺上演講，面部肌肉很緊張，表情僵硬，聲音緊繃，很快就會感覺到聲帶的不適應了。這種僵硬和心態是否放鬆有關，和是否經過鍛鍊也有關係。此外，可以採取蛤

蟆吐舌的方式鍛鍊自己的口腔肌肉，使聲帶發音更輕鬆。

蛤蟆吐舌法：做蛤蟆吐舌的時候，盡可能在早晨家裡沒人的時候做。方法：找個小板凳，坐在桌子前，雙手跟桌子平齊，雙手托住臉部，下顎不動，頭往後走。眼睛往後翻，舌頭往外伸。這個動作晚上看還是很嚇人的。

每天早晨重複 50 次，可以有效鍛鍊口腔肌肉，拉動面部肌肉，能夠使臉部在演講時不至於僵硬。

形體語言 —— SOFT 法則

舞臺形象包括兩項內容：靜態形象和動態形體。印象就是力量，當你站上演講臺還沒開口說話的時候，聽眾已經給你打分了。

6 秒鍾情緒劫持理論

人類大腦有一個「6 秒鍾情緒劫持理論」，即理智接管大腦的反應要比情感晚 6 秒。在這 6 秒鐘內，聽眾的理智會被情緒劫持。

舞臺形象就是你的第一印象。在 6 秒鐘之內，他人已經全面定義你。

- ❏ 你的可信度
- ❏ 你的經濟狀況
- ❏ 你的心理狀態
- ❏ 你的人生態度
- ❏ 你的生活品味
- ❏ 你的文化程度
- ❏ 你的社會地位
- ❏ 你的家庭背景
- ❏ 你的消費習慣
- ❏ 你的道德水準
- ❏ 你的社交習慣
- ❏ 你成功的可能性

　　你是否值得信任，你的心理狀態是否穩定、是否積極向上，你的品味如何，你的文化程度、社會地位、家庭背景、消費習慣、社交習慣……這些都無所遁形。有一位作家說過：即使我們默不言語，我們的衣裳和體態也會洩露我們的過去。體態、衣著、肢體語言、面部表情，全都在向聽眾說話。

第 3 章
微演說呈現：讓你的演說引爆全場

▌肢體語言的 SOFT 法則

首先你要遵循肢體語言的 SOFT 法則，如表 3-7 所示。

表 3-7 肢體語言的 SOFT 法則

肢體語言的SOFT法則		
S	smile（微笑）	微笑的人常常給他人好感。微笑代表了友善、自信以及交流的欲望。即使你非常緊張，也不要忘記讓自己微笑。緊張而不微笑的人會令人感到不好接觸，緊張卻微笑的人會讓人感到性情含蓄且教養良好，這就是區別
O	open（開放的雙臂）	無論什麼時候，畏畏縮縮的人都不會給他人好感。我們在做「我已經很坦白了」的動作時，通常會打開雙臂，然後手心向上。開放的雙臂給人以放鬆、坦誠的感覺。一般來說，在場聽眾越多，肢體語言就應該幅度越大
F	front（前傾的姿態）	身體前傾給人要交流的欲望，使聽眾感到你非常想要和他們交流，而身體後傾則起到相反的作用（後傾的含義是防備、抗拒）。根據肢體語言，當你見到某人、叫出他的名字時，他一面給出回應，一面卻倒退了一步並誇張地說：毫無疑問，這個人對你非常抗拒。這個退後反應就是抗拒的自我保護反應。不是所有人都懂心理學，但是他們能感受到你身體前傾帶來的誠意
T	touch（接觸）	這個接觸不一定是真正碰到對方的身體，在演講臺上你也不方便這樣做，但是你可以使自己看起來像是在接觸他們：揮手、互動，透過眼神的交流去接觸他們

情緒表達：情感運用三重點

- ❏ 重點要誇張
- ❏ 韻律要停頓
- ❏ 情理要結合

■ 重點 1. 重點要誇張

運用情感的第一個要素就是重點內容要突出，感動聽眾的演講離不開演講者發自內心的激情。

在獲得民主黨內的初選勝利後，歐巴馬發表了如下演講：

「美利堅民族是一個高尚、慷慨、富有同情心的民族，一個在挑戰和希望面前團結一致的民族！」

「正因為這樣，我們這個國家才會逐漸變得強大；正因為這樣，200年前的愛國者才會在費城獨立廳宣布『一個更好的聯邦』的誕生；正因為這樣，在葛底斯堡和安提坦的戰場上，人們才會拚盡最後一份力氣來保衛這個聯邦；正因為這樣，二戰期間『最偉大的一代』美國人才會戰勝恐懼，將歐洲大陸從獨裁中解放出來，把美國變成了機遇與繁榮的樂園；正因為這樣，一代又一代的美國人，才會努力應對各種巨大的挑戰和各種不可思議的惡劣條件，努力為他們的孩子建造一個更美好的世界。」

「現在到了我們這樣去做的時刻。美利堅，這是我們的

時刻，這是我們的時代！是時候翻過舊的一頁了，是時候使用新能源和新觀念以應對挑戰了，是時候為我們的祖國開闢新的方向了！」

為了讓民眾在這個特殊時期團結起來，共同應對挑戰，歐巴馬在演講中用 5 個「正因為這樣」和 3 個「是時候」作為排比句，氣勢非凡，豪情萬丈，情感如同瀑布飛流直下般充沛：再透過他抑揚頓挫的聲調，豐富的身體姿勢，讓這段演講充滿了激情，徹底征服在場的聽眾，讓民眾對他所提出的「為祖國開闢新方向」的觀點充滿信心。演講結束後《泰晤士報》曾專門就這段演講進行評論：「歐巴馬演講充滿激情，不由得讓人想起了馬丁路德。」

▌重點 2. 韻律要停頓

演講中的停頓是表達情感的重要工具，任何人的感情變化都是需要醞釀的，如果你想要聽眾產生情緒，那麼你就要保持一種能產生情緒的韻律，並在適當的時候停頓一下。

在林肯總統與道格拉斯法官共同競爭美國參議員時，林肯在最後一次辯說中，先是侃侃而談地講了現狀，忽然，他停頓下來，陷入了寂靜，他默默地站著，望著眼前的聽眾。

聽眾注視著他的一舉一動：他的眼睛深深地凹陷了下去，使他看起來憂鬱而凝注。之後他把雙手緊緊地握在一起，這無助的舉動都被聽眾看在眼裡。

這沉默持續了大約一分鐘，但是聽眾的注意力卻越來越集中。

林肯繼續說道：「朋友們，無論是道格拉斯法官，還是我本人被選入美國參議院，這都無關緊要，完全一點關係也沒有。但是，今天我們向你闡述的這個重大問題，才是最重要的，遠遠超過任何個人利益和政治前途。朋友們 —— 」

他再次停頓，聽眾們甚至屏住呼吸，唯恐漏掉他說的任何一個字。

「這個問題，即使道格拉斯法官，以及我這可憐、虛弱、無用的舌頭都已經安息在墳墓之中，它仍繼續存在、呼吸和燃燒。」

這個演說詞並不複雜，但是林肯透過偉大的演講技巧使它具備了震撼人心的效果。這是林肯政治生涯的關鍵一役，而停頓正是這一役中的一員大將。

■ 重點 3. 情理要結合

要想在演講中獲得勝利，需要將情和理兩者緊密地結合在一起。

單純的情感能夠激起人們的激情，但是不能造成長久的效果，因為人們的理智會作用於情感。只有情和理相結合的演說才能撼動情感的最深處。

18 世紀中期，英國的北美殖民地想要自由獨立的呼聲越

來越高，但當時美國領導者卻希望可以同英國協商妥協，這使得英國殖民者更加囂張，甚至調取大批軍隊到北美，威脅使用武力來鎮壓北美人民的獨立運動。在這個緊張時刻，政治家派翠克·亨利（Patrick Henry）在 1775 年維吉尼亞州議會上堅決不同意協商妥協，並且號召使用武力來對抗英國殖民者。

亨利對於辯論有很豐富的經驗，他知道自己的提議不僅會受到主張和平協商的領導階層的反對，人民當中也有人會受到領導階層所謂的協商和平論調的蠱惑而反對，所以要想取得勝利，就必須爭取聽眾，讓他們能夠認同自己的意見。

在聽過幾位妥協和平論的發言者意見之後，亨利並沒有針對他們的投降主義進行反駁，而是稱讚他們。他非常平靜地闡述自己的主張：

「我們的國家正處在關鍵時刻，每個人都有自己不同的看法，我所要說的，並不是對其他反對意見的人不敬，而是我們都有權利在辯論中發表自己的意見，只有這樣，我們才能夠尋找到真理，引領我們國家走上正確的道路。」

「我有一盞明燈為我指明前進的道路，這盞明燈就是經驗之燈。我不知道還有什麼辦法能比用以往的經驗來判斷未來更好。既然我們要使用過去的經驗作為對未來判斷的重要依據，那麼我們可以回想過去 10 年當中英國政府為我們做了什麼，英國政府的哪些行為能夠讓我們對和平充滿希望？難

道是最近我們請願時所露出的狡詐的微笑嗎？先生們，醒醒吧，他們的微笑只是在前方等待著我們的陷阱。不要讓他們的微笑將你們欺騙了！」

「各位可以自己思考一下，面對我們請願時所露出的微笑同大規模軍隊的調遣是否相稱？難道軍隊和戰艦調遣過來，是為了表達對我們的愛護，以及為了和平所必須的手段嗎？我向主張妥協和平的諸位請教一下，這些大規模的部署說明了什麼？如果他們並不是想用武力讓我們屈服，那麼誰能告訴我他們的動機在哪？這塊大陸上還有哪些敵人值得大不列顛進行規模如此龐大的軍事調遣？不，各位，這塊大陸上沒有其他值得這麼做的對手了！這些都是為了我們所準備的！」

「有人認為我們現有的力量太過薄弱，無法同如此強大的敵人相抗爭。但是，我們要到什麼時候才能夠強大起來呢？下週我們就能強大？明年我們就能強大？還是我們放下武器，大街小巷都有英國士兵站崗的時候？難道我們一直無所憂慮，天天抱著不切實際的和平幻想不放，直到敵人將我們的所有力量都削去的時候，才要採取有效的抵抗手段嗎？」

在言辭犀利、態度嚴肅的說理之後，亨利又將自己的情感加入進演講：

「也許持和平理論的先生們要開始高喊和平的重要性

了，但是，如今的我們已經沒有和平可言了。戰爭現在已經開始，北部地區已經傳來槍炮的聲音，我們的同胞正在戰鬥！我們怎麼還能坐著看他們流血戰鬥？我們還在等待什麼？難道我們生命如此的珍貴，和平如此的誘惑我們，以至於我們需要用手帶鐐銬成為奴隸為代價來換取？上帝啊！制止這種可笑的妥協吧！我不知道其他人會如何去做，但是對於我，沒有自由，我寧願失去生命！」

亨利在演講當中將情感和道理完美地結合在一起，他透過事實論據表明了自己的觀點，但因為有情感的加入，他的辯論不但沒有讓持和他相反意見人的憤怒，反而贏得了廣大民眾們的信任。在場的民眾高呼起了「拿起武器，我們需要自由」的喊聲，主張妥協和平的人們在亨利演說完之後，也改變了自己的主張。

情和理要結合，是情感運用最後一個，也是最重要的關鍵。只有感情和理論結合，才能真正地打動聽眾的心。

呈現三：即興控場

要成為演講臺上的控場大師，就要提高自己的控場能力。即興控場有以下幾個要點。

控場四大原則：永遠正面思考

即興控場的原則：永遠正面思考。

演講是一個互動的、變動的過程，這期間可能會有一些意外和突發情況，會有一些不盡如人意的狀況出現。無論你前期準備得多好，演講設計得多麼精妙，你也不可能提前控場，控制意外的發生，這些意外也許包括：自我的失誤和他人的干擾。你會發現在演講現場很難和聽眾融合，聽眾提出的問題我無法回答，現場的突發情況我無法應對。

在遇到這些情況時，我的原則是永遠正面思考。從正面去解讀他人的動機，從正向來控制現場。

正面思考包含以下幾個內容：

❑ 所有的行為背後都有一個正面動機；

❑ 價值是推動任何人的決定因素；

❑ 越靈活的人是越能控制大局的人；

❑ 無論什麼表現，都是溝通的資訊。

所有聽眾行為的背後都有一個正面的動機

不要抗拒聽眾，也許聽眾的反應和行為帶給你一些麻煩，但是聽眾行為背後的動機一定是正面的，如果聽眾提出了讓你尷尬、無法回答的問題，你也應從正面解讀聽眾的動機 —— 他的動機是求知，而不是讓你為難。任何時候都不要把聽眾放到你的對立面上。

價值是推動任何人決定的要素

每個人都會選擇使自己價值最大化的選項，如果聽眾不認同你的演講，可能你傳達的價值對他來說還不夠。明白這一點，有助於你平心靜氣地面對突發情況。

即使聽眾不認可你，也是為了他自身的價值不認可你，如果你能提供給聽眾更大的價值，聽眾就會傾向於你。

越靈活的人越能控制大局

靈活展現在你的處理方式上，比如說，在演講過程中，有一位聽眾的手機鈴聲突然響起來，這時你就可以對此說：「這個手機一定十分支持我的觀點，才會突然響起來，我們一

起為手機鈴聲的勇敢鼓掌一下吧。」相信之後整場演講中不會再有手機鈴聲響起。如果演講者不理會響起的手機鈴聲，那麼之後臺下可能會有更多的手機鈴聲響起，影響全場聽眾。

水和草面對暴風驟雨、至剛至硬的侵襲時都是以柔弱應對，這個柔弱的本質就是靈活。所以，任何時候都應要求自己像草、像水一樣靈活。

讓腦子活動起來，千萬不要使它僵硬，頭腦僵硬就意味著失去了對演講的控制力，身體僵硬也是失去力量失去控制力的表現。

無論什麼表現，都是溝通的資訊

這一點很重要。

當聽眾走神，場間情緒低落時，是一種溝通：演講者講得不夠好啊，需要加把勁拉回我們的注意力。

當聽眾提出你無法解答的問題時：也許我的問題讓你為難了，但是我是相信你能解答才提問的，希望你不要讓我失望。

當聽眾的問題涉及隱私讓你尷尬時：也許我的問題涉及隱私了，但是我是覺得和你已經熟悉了，你讓我覺得親切，我覺得我們的關係可以讓你回答這個問題了。

當聽眾對你的演講故意挑刺時：你的演講不能讓我認同，你能多說點東西，用價值說服我嗎？

這就是正面思考的作用，正面思考不僅可以使你理智地
摒棄自己的抗拒心理，還能促發你積極應對、做出行動。

控場三大信念：所有的聽眾都是我的後盾

控場有三大信念，這三個信念會支撐你面臨任何情況。

■ 信念 1：向前

向前的含義是積極應對。

不管遇到什麼情況，即使情形不利於你，即便聽眾的問
題你沒有辦法回答，即便你的自信不足，你也必須向前，而
不是退縮。

有一次我去一家事業單位做演講。

現場的情況是這樣的：現場一共 170 人，這 170 人被分
割為前後兩個區域，前排坐了 120 人，後邊坐了 50 人，而隔
開我和這 170 人的是長長的通道和 2 臺攝影機。

開場主持人介紹我：這是王風範老師，今天來為大家講
課，請大家認真聽講。

之後我上臺，我發現整個場地非常混亂，後面的人完全
在聊天，好像菜市場一樣嘈雜。

為了我的專業性，我開始演講，結果我講了 1 分鐘，前
面的 120 人因為離得近一點，已經被我演講的內容所吸引，

開始認真聽講了，但是最後的 50 人仍然在聊天，現場仍舊混亂。

這時我有兩個選擇：一個選擇是處理，還有一個選擇是不處理。

我必須處理這個問題，如果我不控制這一情況，我就會變得對自己沒有自信：難道我是二流的演講者嗎？

我的處理方法非常簡單：停下來不再講話。

這個情景也許在學校裡每天都在發生。上課了，教室會有點亂，如果老師一直在講，那麼說話的聲音就不會停止，而老師不講了，課堂反而會立刻安靜下來：同學們會看，老師怎麼不講了？

我的目的也是如此，透過場間的安靜來使後面的人覺悟。

大約過了六七秒鐘，後排的人仍舊在講話。此時前排的人已經有了反應，開始不耐煩地往後看。

我兩步走到舞臺的邊緣，拿著麥克風大吼了三聲：哎哎哎！

我吼的聲音非常大，此時後排刷地靜了下來。

我也沒有立刻就講話，而是和他們對視了幾秒，此時非常安靜。

我說：各位啊，我知道，我的演講很精彩，只是我還沒要求你們討論分享，你們就開始討論我的演講內容、互相分享了。我的演講並沒有到精彩的地方，現在大家可以先聽

講，接下來我會給你們討論的時間。

如果我不願意或者不敢控制這個場面，之後只會越來越亂，前面的人也會受到後面的影響，更為嚴重的是，我今天就沒有存在的必要了：我的專業性、我的演講自信都會受影響。

透過上面這個案例，我想傳達給你們兩個內容：

1. 任何狀況發生，你都要向前；
2. 一定不要得罪聽眾。

信念 2：一切為你

一切為你是控場的第二個信念，當我站上舞臺，拿起麥克風，開始演講和分享，都是為了你……為了聽眾。

我來到這裡：

都是為了使你們有更多的收穫。

都是為了使你們收穫價值。

都是為了使你們的提升個人價值。

你可以提醒聽眾，只要專注就會有收穫。

信念 3：我是主角

不論發生任何情況，都要堅定這一點信念：你是演講的主角，發生問題，你去解決就行了，你的目的是為了聽眾，但是聽眾是圍繞你的。

控場的要點

....

■ 要點 1. 眼神控場

眼睛是心靈的窗戶，當你站在演講臺上時，聽眾不但會看到你，也會看到你的眼睛：你是否充滿自信、內心是否堅定不移，都能從你的眼神中看出來。

我認為，演講者在演講臺上應做到「目中無人」，這個「目中無人」不是指自高自大，而是說不要被聽眾的數量和身分嚇到，站在演講臺上你就是主宰，在「目中無人」的同時要做到心中有數。

眼神控場的要點在於強化自己的目光，使眼神傳達出堅定果敢的資訊。在演講的過程中，你可以環視全場，也可以在聽眾的身上轉換自己的目光焦點，與聽眾目光相遇，這裡有兩個要點：

❑ 在與聽眾目光接觸時，不要馬上移開目光。

❑ 可以變換目光的焦點，但是不要遊離。遊離的目光給人心慌不自信的感覺。你在說話的時候，只有將一句話說完才能夠切換焦點。比如你說「管理的要訣在於管理自己，而不是管理他人」這樣一句話時，不要在中間數次轉換目光焦點，你可以說完「管理的要訣在於管理自己」後，再轉換目光焦點，從聽眾 A 轉到聽眾 B，繼續說「而不是管理他人」。

要點 2. 聲音控場

眼神傳達演講者的內心，而聲音透露的是演講者的情緒，穩定的聲音說明瞭穩定的情緒，而顫抖的聲音說明演講者內心緊張或者激動。

聲音控場分為高音演講、低音演講和停頓。

高音演講傳達出激昂、熱情的感情，傳達的是向上、向前的精神。

越大、越喧囂的場合，演講的內容越是激昂向上，越需要高聲的控場。

當演講內容變化時，就需要根據內容調整聲音，繼而調整氣氛。如果現場非常安靜，每個人都細心聆聽，你可以適當放低音調和音量，使聽眾更加專注。

無論高音和低音都需要適度和配合，根據場合和氣氛調整，注意，過猶不及。

聲音控場的另一個要訣就是停頓，我在「停頓是演講的偉大祕密」裡已經闡述過停頓的使用訣竅，停頓能夠累積聽眾的感情，蓄積聽眾的情緒，使聽眾的感情隨著你的演講節奏而變化，達到控場的效果。

要點 3. 動作控場

演講者透過自己的行為和肢體動作來控場，那些最出色的演講大師無不深諳此道，讓我們回想一下賈伯斯、馬雲、

歐巴馬等的演講姿態。

他們的姿勢開放、富有激情，堅定的手勢和肢體動作大開大合，傳達出演講者的激情和控制力。他們上臺時，只用眼神和動作，甚至不用說話就能把場面控制住。

動作控場可以使聽眾受自己動作的指揮，上臺之後雙手上揚而後下壓可以使場面變得安靜，在演講的過程中，配合演講的內容揮舞雙手，也可以感染聽眾使他們變得活躍。

這都是動作控場的方式。

▌要點 4. 內容控場

演講者也應當是個很好的解讀者 —— 他要能解讀聽眾的情緒，解讀聽眾眼神和回應的含義，解讀聽眾躁動不安背後的資訊，這就是內容上的控場。

內容是演講的核心，在不同的演講場合，內容也應有所調整，尤其是演講者需要根據聽眾的反應調整自己演講的內容。

學會傾聽，一個優秀的演說家不單單要會說，也需要去聽。聽眾對演講的反應會透過面部表情和動作語言表現出來。聽眾是否能理解你的觀點？是否知道你在說什麼？是否認同你說的內容？是否反感你的案例？時刻去注意聽眾的反應，並且透過這些資訊來對演講做出適當的調整，能夠讓你的演講取得更好的效果。

■ 要點 5. 互動控場

透過簡單的互動來實現有效控場。

控場原則之中還有一條：重視弱勢群體，如果聽眾混合了成人和兒童，那麼兒童首先應該被注意和照顧。

互動控場對演講氣氛低落、聽眾開小差、注意力不集中有很好的效果，透過互動和對話調節場間氣氛，使聽眾精神一振。

■ 要點 6. 氣氛控場

氣氛控場，就是演講者運用現場條件和自身條件來調動、控制聽眾的情緒。氣氛控場關鍵在於演講者與聽眾間要能產生共鳴，從而營造出一種恰當的現場氣氛來，可以是肅穆的氣氛，也可以是活潑熱烈的氣氛⋯⋯要做到「氣氛控場」，需要演講者從演講的主題出發，根據演講的內容結合現場的實際情景，再針對聽眾此時此刻的情緒狀態，來靈活控制現場的氣氛。

執行互動：提問和解答的訣竅

在演講過程中，你需要安排一些和現場聽眾交流的時間，在交流過程中，你的任務有兩個：

❑ 執行提問；

❑ 執行解答。

執行提問的 5 個技巧

▶技巧 1. 自己舉手

執行提問是一門技術，很多情況下你詢問大家有沒有問題，對於所講的內容有什麼疑惑，這時可能會出現冷場的情況：沒有人舉手。

執行提問的第一個方法就是自己舉手 ── 在臺上你的形態語言會影響聽眾，當聽眾不舉手時你就要引導大家。大部分聽眾都有從眾心理，認為別人不舉手自己也不舉手，所以碰到需要舉手時都會左右看看周圍的人。讓聽眾舉手有一個小技巧，就是演講者首先將自己的手舉起來，這時聽眾的注意力會集中在演講者舉起的這隻手上，就不會去關注其他人是否舉手。演講者透過舉手與聽眾互動，讓聽眾跟上自己的節奏，進入演講旅程。

▶技巧 2. 讚美舉手

中國人有句話叫做「棒打出頭鳥」，第一個舉手的人是很勇敢的，所以有人舉手了，你就需要鼓勵他。你可以這樣讚美「分享需要勇氣，勇氣需要鼓勵」。你一定要給他相應的支持和鼓勵，這樣才會有更多的人舉手。

▶技巧 3. 限定人數

限定人數有兩個作用：一是能夠使互動在有限的時間內做完，比如互動時間只有 5 分鐘，這時你可以透過限定回答的人數來限定時間；二是可以使本來不想積極參與的聽眾變得積極，當人數有限時，本來猶豫的人會變得積極。

▶技巧 4. 尋找疑惑

如果以上三個技巧都運用了還沒人舉手，這時你可以選擇一個面善的聽眾，或者你熟悉的聽眾來問她：剛才我看你聽得很認真，請問你有什麼疑惑嗎？

▶技巧 5. 平衡聽眾

要注意照顧到所有聽眾。如果舉手的有男有女，你可以女士優先；如果有幾個人舉手，你可以按照舉手的順序來安排解答的順序。不僅在執行提問的時候，在演講中也要隨時注意平衡聽眾：在你講男士情況的時候，一定照顧到在場的女士；在講到老人的情況時，也要照顧到小孩的情況。

馬丁路德也好，歐巴馬也好，他們在演說之中都注意平衡聽眾：同性戀、異性戀；黑人、白人；民主黨、共和黨。美國的宗旨是平等、博愛、自由，身為政治家就必須顧及到這個平等。

管理時間：身為一個演講者，你的時間在你的掌控中，

你知道演講時間是多少，知道互動時間是多少，知道提問時間是多少，也要知道在你的表達過程中已經過去了多少時間。在提問過程中，若是聽眾講得太長，超出你預計的時間，你只能告訴他：抱歉，時間非常有限，為了不影響後面更重要內容的分享，有機會我會跟你再做詳細的交流。

　　也可以在一開始就打預防針：在一開始告訴聽眾，今天有 10 分鐘的時間可以交流。

▌執行解答的 5 個技巧

　　如果說執行提問是一種技術，那執行解答就更是技術中的技術。當聽眾提問時，你該怎麼回答？

▶技巧 1. 真城、用心地回答

　　如果聽眾的問題在你的專業範圍內，你了解答案，那麼你只需要真誠用心地回答即可，不要炫耀，千萬不要用這種口氣：「哎呀這個問題終於有人提到了，我告訴你們，這個問題我絕對有話語權」。

▶技巧 2. 讓聽眾相互回答

　　對於那些開放式、又不特別困難、見仁見智的問題，可以讓聽眾相互回答。比如說「家長如何和孩子有效溝通」，你就可以讓聽眾互相回答：「這個問題很好，在座有很多父母，他們在教育孩子方面一定有自己的心得，有特別想談談

自己心得的家長可以舉手談一下這個問題。」聽眾回答完，
你可以做個小小的總結，或深入展開，或點撥一二。

有的時候也許聽眾回答得比你還好，演講者也不是什麼
都懂的。

▶技巧 3. 直接反問回答

直接反問：你覺得呢？你之前是怎麼做的呢？
我先知道你過去的方式，我才能給你建議。

▶技巧 4. 拒絕聽眾的問題

抱歉，這個問題不在我的分享範圍內。

▶技巧 5. 虔誠用心學習

在臺上，演講者必須放低自己的姿態，你不可能事事都
精通，當一個問題難住你時，承認自己的不足並不丟臉。
你可以說：「對不起，這個問題正好也是我最近在研究的問
題，現在我還沒有能力回答它。所以我期望你能在課程結束
之後留下你的聯繫方式，當我對這個問題有了一定的研究成
果之後，我就把自己的答案和你分享。」

更安全的作法是在提問之前就打預防針：接下來我們有
10 分鐘時間進行互動，各位有什麼問題都可以提，我會盡可
能地回答。不過我也不是什麼都會，如果大家提出來的問題
是我回答不上來的，提前向你說一聲實在抱歉。

應對挑戰：應對自我失誤和蓄意干擾

■ 應對自我失誤 1. 演說錯誤

演說中難免會出現一些失誤，對於不太明顯的失誤可以不去理會，繼續進行後面的內容；對於較為明顯的錯誤，演講者重說一遍更正即可；如果錯誤非常明顯，演講者就應該認真更正一遍並且進行道歉。更正要及時，道歉態度要真誠。道歉只需要一次就可以，不要過多地道歉。

對於還沒有說完的錯誤，演講者可以將錯就錯。比如：演講者想要說 2010 年世界盃非常精彩，但卻將 2010 年說成了 2008 年，這時演講者可以說「2008 年又過了兩年的 2010 年世界盃非常精彩」。

演講者也可以透過反問，巧妙地糾正自己的錯誤。比如當發現了自己的錯誤時可以說：「你們說，我所說的時間是正確的嗎？」這樣一句反問句既解決了錯誤又能帶動現場氣氛。

■ 應對自我失誤 2. 忘詞

演講者太過緊張或者準備不足，就容易在演講過程中出現忘詞情況，如果沒有採取合適的應對方法，演講者就會十分尷尬。忘詞時不要慌張，不要在臺上傻站著手足無措。這時演講者應先穩定自己的情緒，之後可以運用一些方法讓演講繼續進行下去。

第 3 章
微演說呈現：讓你的演說引爆全場

▶ 方法 1. 不理會接著往下講

演講者直接從後面記得的內容繼續演講。一般情況下，忘詞只是演講者忘記了接下來要說的內容，不會忘記所有內容。碰到這種情況，演講者可以跳過自己忘記的演講內容，從沒忘記的地方開始繼續演講。如果透過後面的內容又聯想起來之前忘記的內容，演講者可以根據忘記部分的具體內容採用不同的方法：如果這部分內容對整體演講沒有太大影響，演講者就可以不去理會；如果這些內容對演講的整體內容都有影響，是必須要講的內容，演講者可以在結尾之前補充上，完善演講內容。比如可以這麼說：「現在我再強調一點……」

▶ 方法 2. 重複創造回憶

給自己創造思考的機會，將遺忘的內容想起來。有兩種方法：一種是將剛才自己說過的內容放慢語速重複再說一遍，以幫自己想起接下來要說的內容；第二種是用疑問句的形式，將自己剛才說過的話再說一遍，利用疑問句之後的空隙時間回想接下來要說的內容。

▶ 方法 3. 與聽眾互動：問聽眾

如果你要說的內容已經講了兩點，將第三點忘記了，可以與臺下聽眾進行互動：「你們認為第三點的內容應該是什麼？」聽眾思考和回答的時間足夠你去回憶接下來要說的內容。

應對自我失誤 3. 不知答案

聽眾提問你答不上來怎麼辦？有以下辦法。

▶誇獎好問題

沒有人解答聽眾提出的所有問題，如果聽眾提出的問題你沒有把握立刻回答，你可以誇獎聽眾提出的這個問題有水準，問得好，同時藉助誇獎時間去思考如何回答這個問題。

▶請對方作答

演講者如果確實不知如何去回答聽眾提出的問題，可以讓提問者自己回答。因為很多時候提出難度較高問題的聽眾自己心中已經有了想法，這時提出這個問題要麼是想在眾人面前顯示自己，要麼是想考考演講者，或者想知道演講者回答的答案是否和自己心裡所想的一致。這時，演講者可以說：「這個問題提得非常有水準，我想先聽聽你自己對這個問題的看法。」這樣就解決了問題。

▶轉給聽眾

如果不知道如何去回答，還可以將這個問題轉給其他聽眾去回答。比如說：「對於這個問題相信在場其他的聽眾都有自己的看法，我們先聽聽其他人的意見。」

▶實話實說

遇到的問題自己確實不知道答案，也可以直接告訴聽眾自己對於這方面沒有深入的研究，不能隨便回答這個問題，如果可以的話，回去查閱相關數據後再給出問題的答案。這樣的回答反而會讓聽眾更加尊重演講者。

蓄意干擾有 3 個表現

▶蓄意干擾 1：有人挑釁

在演講過程中如果遇到有人對自己的演講內容提出疑問，該如何解決？首先要思考聽眾提出疑問的原因，分析聽眾是否是惡意挑釁。

如果聽眾並非惡意挑釁，那可能是確實沒聽懂自己講的內容，演講者就應該耐心地對問題進行解釋，重複自己的看法，並感謝這位聽眾能夠提出自己的疑問。

如果提問聽眾是故意想讓演講者出醜，就不要與其過多對話，對於存心挑釁的聽眾，你的解釋只會讓問題越來越複雜。演講者可以說：「這個問題和我們今天討論的主題沒有太大聯繫，等演講結束後再討論，或者現在回答這個問題需要的時間太長，如果你願意我可以私下回答你這個問題。」對於這樣的聽眾，解決辦法就是不要和他糾纏，可以讓他自己去回答這個問題，也可以將問題轉給其他聽眾，詢問大家對這個問題的看法。

▶ **蓄意干擾 2：涉及隱私**

當聽眾的問題涉及隱私時，有兩個解決辦法。

秋後算帳：這個問題現在不適合討論，如果你真的很想知道，那麼下課後我們私下討論。

轉換概念：轉換問題的核心概念，四兩撥千斤地回答問題。之前我在上課的時候，有一個學員問我，老師，你有沒有情人啊？你會跟自己的情人親熱嗎？

我想了一下，認真地回答：有的，每天晚上，我下班回家後，開燈，我都會把自己的情人帶到沙發上，然後輕輕地開啟，閱讀它──我的情人就是書籍和知識。

▶ **蓄意干擾 3：蓄意干擾**

在演講中，這種情況是非常少的，但若真的出現的話，也有兩種解決辦法。

1. 走動控場：走到他身邊，讓他暴露在所有聽眾眼前，他就不好意思再干擾了。
2. 麥克控場：適用於那些故意製造噪音的干擾，使用聲音／停頓來製造安靜，使聽眾自覺收斂。

微演講工具：常見問題解決辦法

表 3-8 常見問題解決辦法

問題根源	問題類型	解決辦法	辦法解讀
自我失誤	忘詞卡殼	暫且擱置	不理會，接著往下說
		回憶思索	重複話題的過程中思索答案
		燙手山芋	與聽眾互動詢問聽眾
自我失誤	不知答案	實話實說	告訴聽眾自己的不足
		轉給聽眾	請聽眾互相回答
		反問回答	你覺得呢？你的意見呢？
		超出範圍	這個問題超出了今天分享的範疇
故意刁難	涉及隱私	秋後問斬	這個問題課後我單獨回答
		轉換概念	把隱私的問題化解於無形
	蓄意干擾	走動控場	走到干擾者身邊讓他自己醒悟
		麥克風控場	用聲音/停頓促使聽眾安靜
	故意刁難	真誠回答	真誠地回答聽眾
		拒絕回答	拒絕聽眾的問題：這個問題不在今天的討論範圍內

呈現四：反思修正，持續精進

　　呈現的最後一步就是反思修正、持續精進。如果說演講有真正的祕訣，那麼這個祕訣只有一個：就是持續不斷地練習。

　　累積分為內在和外在，外在的呈現就是練習，如果你沒有一定的練習就不可能在臺上有精彩的呈現。

修正自我表現，持續精進練習

　　每次演講完之後我都會給自己打分。

　　也許聽眾不會發覺我講得好不好，他們是認可我的。但是我心裡清楚我每一場到底發揮得好不好，因為這是我的專業。每一次演講之後，你都應該對自我的表現進行評分，哪裡做得好，哪裡做得不好，然後對不好的地方進行修正。

　　打分的專案包括：

❑ 文字修辭（是不是精妙準備過的）？

❑ 聲音語言（是不是抑揚頓挫、節奏明顯、錯誤很少）？

❑ 肢體語言有沒有發揮出應有的效果，和你的聲音、文字配合得是否完美？

☐ 在互動環節表現得如何，和聽眾互動是否順利，現場的氣氛是否熱烈？如果互動不順利，那又是什麼原因？

☐ 在開頭和結尾表現得怎麼樣？開頭有沒有抓住聽眾的注意力？結尾有沒有掀起高潮？

☐ 控場表現得如何？遇到了什麼問題（失誤還是人為干擾）？你應對得如何？

☐ 整場演講出現了什麼問題？是你的失誤還是聽眾的干擾？你又是如何應對的？

根據以上內容給自己打分，是「超常發揮」、「很好」、「一般」、「比較差」還是「超級差」？

失誤點在哪裡？然後根據失誤點，反思應該怎麼修正自己的表現，然後期待自己的下一次呈現。只有這樣，下一次遇到同樣的問題，你才會表現得更好。

如果你表現得不夠好，說明你練習得不夠多。我每一次做演講之前都會不停地看我的 PPT，大腦會記住這些。

沒有最好，只有更好。需要持續地調整所演講的內容。一個企業家，在企業管理中要講的內容就那幾個：使命、願景、動員、變革、行動、募資。你的演講永遠會有下一次，那你每次講完都要持續地修正它，使演講不斷精進。

學習微演說不需要練習那麼久，只要認真學習，我可以說一個月你的演講能力就能提升。

一個人從一歲開始講話，一直講到七八十歲，講話貫穿人的一生。微演說，將貫穿你的一生。

你必須花時間投入微演說的學習中，把這門課程學好，把這個技術練好。

最後，送給各位兩句話：演說最終傳遞的不是內容，而是一種感覺。

演說最重要的，是和聽眾建立起情感連結。

演說，是我們人生達致高峰的必修課。

微演說工具：微演說自我評分參考表

表 3-9 微演說自我評分參考表

自我審核項目	自我評分（超常發揮、很好、普通、不太好）	失誤的地方	下次可以改進的地方
文字修辭			
肢體語言配合			
聲音語言			
互動環節			
開頭結尾表現			
觀眾反應			
控場表現			
演講中遇到的問題（失誤）			

模板：嘉賓介紹

如何擔任嘉賓介紹的工作？

在企業之中，你常常需要參加一些活動，但你並不是演講人，而是擔任嘉賓介紹的工作，這時，應怎樣做好這項工作呢？

嘉賓介紹這一環節有三個重點：

第一，在一開始就抓住聽眾的注意力。

一上臺，你就要講出這個演講者能給聽眾帶來的好處。

第二，你要使主講者感受到自己受歡迎。

你的介紹詞要能帶動聽眾歡迎演講者，使演講者能夠感受到聽眾的熱情。臺上的人往往「人來瘋」，如果他感受到聽眾的積極態度，他就會更積極地回饋。

第三，你要提醒聽眾只要專注聽講就會有所收穫。

我做過很多次嘉賓主持，在大型的演講會中，有許多企業家出席，有一次我和被譽為亞洲第一名嘴的張錦貴教授一起出席，張錦貴教授負責在接下來的兩天為大家演講授課，而我擔任他的嘉賓主持，做嘉賓介紹。

我上臺介紹張錦貴，我說：「當我們企業不斷做大的時

候，我們的家庭好像和企業很難同時照顧，當我們的事業蒸蒸日上的時候，我們發現自己的家人、孩子卻被忽視了，如何事業和家庭兼顧呢？今天，我們給各位邀請到一位主講嘉賓，他將為我們解答以上問題，使你能夠實現家庭和事業的雙贏。」之後我簡單介紹了張錦貴教授的光輝履歷，這些是我之前做的功課。我一講，現場聽眾都期待起來，我說：「在接下來的兩天之中，只要你認真聽課，那麼在接下來的20 年，甚至更長時間裡，你都會受益於這兩天。接下來把最重要的時間留給最重要的人，讓我們以熱烈的掌聲有請亞洲第一名嘴 —— 張錦貴先生。」

後記

　　幾經易稿，本書終於可以和你見面，感謝你用心研讀本書，對你孜孜不倦的學習精神我深感欽佩。但我不得不說，看完本書並不是你演說精進的結束，而是你演說修行的開始。因為知道是不具力量的，唯有做到才具力量。本書的內容看似簡單，但這些都是我數十年來持續精修的成果，倘若你想成為真正的演說大家，就需要持續「累積」、「深究」、「踐行」。

　　當然，在新書出版之際，我要感恩爸爸的正言教導，姐姐們的精心呵護。雖然爸爸已離我而去，與姐姐們之間也因彼此的忙碌許久才能見一次，然而，他（她）們曾經樸實無華卻價值連城的言語深烙我心，催促我行。感謝我的老婆，近十年來是她在背後的默默支持才有我的今天；更要感謝我的岳父岳母，一對讀書不多卻深明大義的至親；感謝在我成長道路上給予過我支持的良師：彭清一、李踐、胡謝驊、姜嵐昕、林偉賢；感恩我的客戶及益友：劉珂、李景輝、高麗君、王勝偉、錢秀澤、劉東昇、李雲停、郭政君、王洪濤、汪子琪、江明遠、盧克海、王建國、劉光海、宋強、張軒銘、陳小軍、康小龍、黃玉龍、董國忠、曾海濤、曲利強、曲澤凱、何海龍、劉建新、翟新紅、孫健洋、郭萬榮、陸

慧、陳希芝、侯志奎、夏晉宇、黃威、高雪、王景瑛、郝珊麗、宋勸其、劉新苗、代航、刁陽光、董德偉、葛自茹、江永勝、劉位、劉忠海、施淇豐、王波、王萍、席國慶、徐向陽、楊聯亮、袁國武、周新勇、朱嶽洲等，還有很多很多，或許有的我們已經許久沒有聯繫，但對於你們的恩情，風範將永遠銘記於心。

最後更要感謝毛先珍女士在百忙之中擠時間為本書作序。感謝毛總的鼎力支持，風範感恩！

微小說、微電影的出現預示著我們進入了一個全新的時代──微時代，在微時代中工作，人們步履匆匆，速度至上，愈發看重效率，沒有人願意花費時間去聽你長篇大論，娓娓道來，你的上司、下屬更希望聽到重點突出、短小精煉的話語來降低時間成本、提高工作效率、放大生命價值。

Google 公司董事長艾立克·施密特要求下屬向他彙報工作不要超過 60 個字；麥肯錫公司要求其諮詢顧問，在向客戶做方案展示時，無論多麼複雜的方案，都需要在 30 秒內講出重點。

因此，《微演說·職場溝通鐵三角》橫空出世。

微演說・職場溝通鐵三角

直指人心的溝通之道，讓你的溝通成本降至於零

【複雜的結果】

山路之上，一輛汽車駛近，路邊寺廟門旁，一個小和尚高舉「回頭是岸」的橫幅，大喊：「施主看這裡！」車內一個年輕人隔窗笑著，繼續飛馳轉彎而去……10 秒鐘後，「轟隆！啊——」的碰撞跌落並伴隨著慘叫聲傳來……

當晚，禪房內，小和尚對住持說：「師父，是不是還是直接寫『前方橋梁已斷』好一些？」

【課程目的】

❏ 打破過往溝通慣性，使參訓者從內心深處重新認知溝通，即達成微演說

❏ 重申過往溝通策略，使參訓者從溝通本質重新鑄鍛技巧，即達成企業績效

【課程對象】

企業管理層和中層員工、需要提升溝通能力的各界人士

【課程時間】

一至兩天（6 ～ 12 課時）

【課程大綱】

■ 第一篇 理念篇 微時代 @ 溝通

▶1. 微時代的兩大特徵

　　A. 資訊氾濫 —— 簡單

　　B. 速度之上 —— 效率

▶2. 微時代溝通的核心

■ 第二篇 技術篇 溝通鐵三角

一、人

▶1. 人的共性（如何滿足）

　　A. 世人共性

　　　　a ／喜歡被愛

　　　　b ／趨利避害

　　　　c ／望被重視

　　B. 國人共性

　　　　a ／情在理前

　　　　b ／面子第一

　　　　c ／萬事中庸

▶2. 人的特性（如何迎合）

    A. 職位特性

        a ／高層特性

        b ／中層特性

        c ／下屬特性

    B. 性格特性

        a ／ D 支配性特性

        b ／ I 影響性特性

        c ／ S 穩健性特性

        d ／ C 服從性特性

    C. 文化特性（如何調整）

        a ／區域文化

        b ／知識背景

        c ／個人背景

二、事

▶1. 對上（方法呈現）

    A. 要人才

    B. 要時間

    C. 要資源

▶2. 對下（技巧演練）

    A. 講未來

    B. 說目標

    C. 導方法

▶3. 平行（方法呈現）

    A. 求協助

三、境

▶1. 環境

    A. 公司文化

    B. 經營階段

    C. 對象處境

▶2. 心境（態）

    A. 自私

    B. 自我

    C. 自大

▶3. 言境

    A. 文字語言

    B. 有聲語言

    C. 肢體語言

第三篇 合一篇 思行合一

▶1. 合一方可行

▶2. 踐行出真知

彼得‧聖吉（Peter M. Senge）說：「企業的競爭就是人才的競爭，人才的競爭就是學習力的競爭。」

顯然，學習力已成為當今時代企業營運效率提升及持續盈利的關鍵能力，但事實證明「外訓」很難解決企業內部的問題，從眾多企業紛紛建立商學院的這一現象，我們不難發現真正行之有效的培訓應由企業自己來做。管理者須轉換角色、以教代管，以導代理，用教導代替管理，促進企業績效的持續遞增。

馬雲說：「不會做教育培訓的領導人充其量只是個監工。」

而身為管理者，從績效釐清到計劃溝通；從化解內耗到團隊激勵；從文化傳承到能力教導無一不靠演說，因此，《微演說‧職場演說三步曲》就此誕生。

微演說‧職場演說三步曲

管理者從團隊激勵到業績教導的系統方法

【課程成果】

1. 課程結束後參訓學員均可以弄懂演說本質及減少演說恐懼
2. 課程結束後每人都能在管理中針對不同場景進行即興演講
3. 課程結束後每人都能擁有一套業績教導設計方案及呈現思路

【授課模式】

理論講解＋案例解析＋現場釐清＋即時演練＋精點細評＋查缺補漏

【課程時間】

三天兩夜

【課程對象】

企業總裁、各職位中高層管理者及人力培訓經理

【課程大綱】

開場課程理念

一、微演說的核心

▶1. 向「錢」看（學員收穫）

二、讓管理者成為「導師」

▶1. 導師的三大職責

    A. 傳道

    B. 授業

    C. 解惑

▶2. 導師的三大思維

    A. 付出思維

    B. 成長思維

    C. 內向思維

內容演說設計

▶設計前 —— 細分聽眾

  1. 聽眾是誰 —— 他當下角色

  2. 關心什麼 —— 他當下需求

  3. 演說成果 —— 你的目的

▶設計中 —— 謀篇布局

　1. 大綱提煉

　2. 例證收集

　3. 結構部署

　4. 頭尾設計

▶設計後 —— 重點練習

　1. 開場與結尾

■ 演說呈現

▶呈現前 —— 恐懼突破

　1. 呈現的難點 —— 恐懼

　2. 恐懼的剋星 —— 備練排

　　A. 準備（內容／狀態／音樂）

　　B. 演練（內容／開場／結尾）

　　C. 彩排（裝置／舞臺／場地）

▶呈現中 —— A ／三言並進

一、文字修辭

　1. 三語鼎力

　　　a ／述語（如排比／對比／比喻／等）

　　　b ／提神語（如這對你很重要，因為……／二組某

　　　　某學員說……／等）

　　　　c ／說服語（如想像一下……／發現……／等）

　2. 故事編譯

　　　　a ／故事力量

　　　　b ／故事索引（5H1W）

　　　　c ／故事演繹（3 技術 5 要點）

二、語音語調

　1. 氣

　2. 聲

　3. 音

　　　　a ／音量（高低、輕重）

　　　　b ／音奏（快慢、連續停頓、單次重複）

　　　　c ／音準（重音、尾音）

　　　　d ／音樂（情景音樂、引導音樂等）

三、形體表達

　1. 形象語言（情緒劫持論）

　2. 肢體語言（ESOFT 法則）

　3. 情感表達

▶呈現中 —— B/ 應對突發

應對突發

1. 問題類型（涉及隱私／故意挑刺／蓄意干擾／忘詞卡住）

2. 處理方法（秋後算帳／麥克控場／走動控場／轉換概念）

▶呈現後 —— 反思改進

結尾 課程踐行

　　空談誤國 實幹興邦 踐行夢想 淨化靈魂

　　當今時代，地球在變小，舌頭在延長。再香的「酒」如果你不懂推廣、不懂宣傳、不懂「路演」，那它的香味也會大打折扣，換言之，如果您想讓您企業及產品的品牌超常規增長，您就必須有能力站上「講臺」有力表達，面對 VC、面對股東、面對客戶路演專案、成交產品。身為企業家 ——

　　從創意誕生到 VC 引進；從新品發布到管道招商；從私募股權到 IPO 路演……

　　無疑，每時每刻你都在「路演」、都須「成交」！

微演說・資本路演輔導

企業獲取資本的唯一工具
路演不是講話，更不是秀口才；
想想你的壓力——
有 VC，無路演，VC 流失；
有專案，無資金，專案流產；
有產品，無成交，經營慘淡。
企業家，如何將這些壓力轉化為動力？
你需要——《微演說・資本路演輔導》！

【輔導成果】

1. 弄懂路演本質及減少路演恐懼
2. 擁有一套專屬的路演設計方案及呈現思路
3. 現場模擬路演實況，讓你把損失留在課堂

【輔導模式】

原理講解＋案例解析＋現場作業＋即時演練＋精點細評
＋查缺補漏

【輔導時間】

因人而異

【輔導對象】

　　企業董事長、總裁及創業者

【輔導大綱】

　　因人而異

電子書購買

爽讀 APP

國家圖書館出版品預行編目資料

30秒傳遞力量，微演說中的話語之力:精準說服，
在短暫中創造持久印象 / 王風範 著. -- 第一版. --
臺北市:財經錢線文化事業有限公司, 2024.03
面；　公分
POD 版
ISBN 978-957-680-806-7(平裝)
1.CST: 演說術
811.9　　113002575

30 秒傳遞力量，微演說中的話語之力：精準說服，服，在短暫中創造持久印象

臉書

作　　者：王風範
發 行 人：黃振庭
出 版 者：財經錢線文化事業有限公司
發 行 者：財經錢線文化事業有限公司
E - m a i l：sonbookservice@gmail.com
粉 絲 頁：https://www.facebook.com/sonbookss/
網　　址：https://sonbook.net/
地　　址：台北市中正區重慶南路一段六十一號八樓 815 室
Rm. 815, 8F., No.61, Sec. 1, Chongqing S. Rd., Zhongzheng Dist., Taipei City 100, Taiwan
電　　話：(02) 2370-3310　　傳　　真：(02) 2388-1990
印　　刷：京峯數位服務有限公司
律師顧問：廣華律師事務所 張珮琦律師

定　　價：299 元
發行日期：2024 年 03 月第一版
◎本書以 POD 印製